Ljudmila Ulitzkaja

SONETSCHKA

Eine Erzählung

Aus dem Russischen
von Ganna-Maria Braungardt

Verlag Volk & Welt
Berlin

Titel der Originalausgabe Sonečka

Von frühester Kindheit an, kaum den Windeln entwachsen, vertiefte sich Sonetschka in Bücher. Ihr älterer Bruder Jefrem, der Spötter der Familie, wiederholte immer wieder einen Scherz, der schon, als er entstand, etwas verstaubt war:

»Vom ewigen Lesen hat Sonetschkas Hintern die Form eines Stuhls angenommen und ihre Nase die einer Birne.«

Leider war das nicht sehr übertrieben: Die Nase war wirklich unförmig wie eine Birne, und Sonetschka, aufgeschossen, breitschultrig, mit dürren Beinen und durchgesessenem mageren Hintern, hatte nur ein einziges weibliches Figurmerkmal – eine große Brust, die sehr früh entwickelt war und irgendwie unpassend am dünnen Körper angebracht schien. Sonetschka zog die Schultern zusammen, ging gebeugt und trug weite, lange Kittel, weil sie sich ihres unnützen Reichtums vorn und ihrer trostlosen Flachheit hinten schämte.

Ihre mitfühlende ältere Schwester, längst verheiratet, meinte großherzig, sie habe schöne Augen. Doch es waren ganz gewöhnliche Augen, braun und nicht besonders groß. Allerdings wuchsen ihre auffallend dichten Wimpern in drei Reihen und verlängerten den geschwollenen Rand der Lider; aber auch das war nicht besonders schön, sondern eher hinderlich, denn die kurzsichtige Sonetschka trug von Kindheit an eine Brille.

Ganze zwanzig Jahre, von sieben bis siebenundzwanzig, las Sonetschka fast ununterbrochen. Sie sank in die Lektüre wie in eine Ohnmacht, die mit der letzten Buchseite endete.

Sie hatte ein außergewöhnliches Lesetalent, vielleicht sogar eine Art Genialität. Ihre Empfänglichkeit für Gedrucktes ging so weit, daß erfundene Gestalten neben lebenden, ihr nahestehenden Menschen existierten; die erhabenen Leiden von Natascha Rostowa am Bett des sterbenden Andrej waren für sie ebenso wirklich und echt wie der brennende Schmerz der Schwester, die aus dummer Unachtsamkeit ihre vierjährige Tochter verlor: Sie hatte sich mit der Nachbarin festgeschwatzt und nicht bemerkt, wie es in den Brunnen gerutscht war – das dicke, unbeholfene Mädchen mit den langsamen Augen.

Was war das – völliges Unverständnis für das Spiel, das in jeder Kunst lag, die unglaubliche Vertrauensseligkeit eines ewigen Kindes, mangelnde Phantasie, die zur Zerstörung der Grenzen zwischen Ausgedachtem und Realem führte, oder im Gegenteil, ein so selbstvergessenes

Versinken im Phantastischen, daß alles, was außerhalb seiner Grenzen lag, seinen Sinn und Gehalt verlor?

Das Lesen, das zu einer leichten Geistesgestörtheit wurde, begleitete Sonetschka auch im Schlaf: Sogar ihre Träume las sie gewissermaßen. Sie träumte spannende historische Romane, und am Charakter der Handlung erkannte sie die Schrift des Buches, erspürte auf unerfindliche Weise Absätze und Interpunktion. Diese innere Verschiebung, die mit ihrer krankhaften Leidenschaft zusammenhing, verstärkte sich im Traum sogar, und sie agierte dort als gleichberechtigte Heldin oder Held und existierte auf der schmalen Grenze zwischen der spürbaren Intention des Autors, die sie a priori kannte, und ihrem eigenen Drang nach Bewegung, Handlung und Taten.

Die NÖP* war am Ende. Der Vater, Nachfahre eines Dorfschmieds aus Weißrußland und nicht ohne praktische Veranlagung, schloß seine private Werkstatt, überwand seine eingefleischte Abneigung gegen Fließbandproduktion jeder Art, ging ins Uhrenwerk und besänftigte seine störrische Seele, indem er abends einzigartige Mechanismen reparierte, geschaffen von den

* NÖP – Neue Ökonomische Politik, 1921–1928. Zeit der teilweisen Rückkehr zur Marktwirtschaft in der Sowjetunion (Anm. d. Ü.).

denkenden Händen seiner aus verschiedenen Völkern stammenden Vorgänger.

Die Mutter, die bis zu ihrem Tod eine alberne Perücke unter dem sauberen gepunkteten Kopftuch trug, nähte heimlich auf der Singer-Nähmaschine für die Nachbarinnen schlichte Seidenkleider, passend zur lauten und bettelarmen Zeit, deren sämtliche Ängste für sie auf den bedrohlichen Namen des Steuerinspektors hinausliefen.

Sonetschka jedoch entrann, nachdem sie mehr schlecht als recht ihre Hausaufgaben erledigt hatte, jeden Tag und jede Minute dem Zwang, in den pathetischen und lärmenden dreißiger Jahren zu leben; sie weidete ihre Seele auf den Weiten der großen russischen Literatur, tauchte mal in die beunruhigenden Abgründe des verdächtigen Dostojewski, mal in die schattigen Alleen Turgenjews oder in die kleinen, von der prinzipienlosen und großherzigen Liebe des als zweitklassig geltenden Leskow erwärmten Provinzgüter.

Sie absolvierte die Bibliotheksfachschule, begann im Magazin einer alten Bibliothek zu arbeiten und gehörte zu den seltenen Glückspilzen, die am Ende des Arbeitstages ihren staubigen, stickigen Keller mit leisem Schmerz ob der Unterbrechung eines Vergnügens verlassen, denn sie konnte sich nicht satt sehen an den aufgereihten Katalogkarten und den weißen Bestellzetteln, die von oben aus dem Lesesaal zu ihr herunterkamen, und nicht genug bekommen von der lebendigen Last der Bücher, die sich in ihre dünnen Arme senkten.

Viele Jahre betrachtete sie die Schriftstellerei als eine heilige Handlung: Den zweitklassigen Pawlow hielt sie in gewisser Weise für gleichrangig mit Pausanias und Palamas, weil sie im Lexikon auf derselben Seite standen. Mit den Jahren lernte sie, im riesigen Bücherozean selbständig große von kleinen Wellen zu unterscheiden und jene wiederum vom seichten Schaum, der die asketischen Schränke der Abteilung für zeitgenössische Literatur nahezu ausschließlich füllte.

Nach ein paar Jahren abgeschiedenen, nonnenhaften Dienstes in der Bibliothek ließ sich Sonetschka von ihrer Chefin, einer ebenso besessenen Leserin wie sie selbst, zu einer Bewerbung zum Philologiestudium an der Universität überreden. Sie bereitete sich nach einem umfangreichen und unsinnigen Programm vor und war schon drauf und dran, die Aufnahmeprüfung abzulegen, als plötzlich alles zusammenbrach, sich mit einem Schlag alles änderte: Der Krieg begann.

Möglicherweise war dies das erste Ereignis in ihrem jungen Leben, das sie aus ihrem nebelhaften Zustand unaufhörlichen Lesens riß. Gemeinsam mit ihrem Vater, der in diesen Jahren in einer Werkzeugmacherei arbeitete, wurde sie nach Swerdlowsk evakuiert, wo sie sich alsbald wieder in der einzig sicheren Umgebung befand – in einer Bibliothek, im Keller.

Es bleibt offen, ob das eine in unserem Vaterland seit langem verwurzelte Tradition war – die wertvollen Früchte des Geistes ebenso wie die der Erde unbedingt in kalten Kellern unterzubringen – oder eine Schutzimpfung für das künftige Jahrzehnt in Sonetschkas Leben, das sie mit einem Menschen aus dem Untergrund verbringen sollte, ihrem künftigen Mann, der im hoffnungslos schweren ersten Jahr der Evakuierung auftauchte.

Robert Viktorowitsch kam an einem Tag in die Bibliothek, als Sonetschka die erkrankte Leiterin an der Buchausgabe vertrat. Er war klein von Wuchs, spindeldürr und grauhaarig und wäre Sonetschka nicht aufgefallen, hätte er nicht nach dem Katalog französischsprachiger Bücher gefragt. Französische Bücher gab es zwar, aber der dazugehörige Katalog war mangels Bedarf längst verschwunden. Zu dieser abendlichen Stunde vor der Schließung waren keine weiteren Benutzer da, und Sonetschka führte den ungewöhnlichen Leser in ihren Keller, in die entlegene westeuropäische Ecke.

Lange und erschüttert stand er vor dem Schrank, den Kopf zur Seite geneigt, mit dem hungrigen und erstaunten Gesicht eines Kindes, das einen Teller voller Kuchen erblickt. Sonetschka stand hinter ihm, ihn um einen halben Kopf überragend, und erstarrte ebenfalls, von seiner Erregung angesteckt.

Er drehte sich zu ihr um, küßte ihr überraschend die langfingrige Hand und sagte mit tiefer Stimme, die flimmerte wie das Licht der blauen Lampe aus der fiebrigen Kindheit:

»Was für ein Wunder. Was für eine Pracht... Montaigne, Pascal...« Ihre Hand noch immer in der seinen, ergänzte er seufzend: »Und sogar in Elsevir-Ausgaben ...«

»Hier sind neun Elsevirs«, bemerkte stolz die gerührte Sonetschka, die sich jetzt mit Büchern bestens auskannte, und er sah sie mit einem seltsamen Blick von unten nach oben an, als blicke er von oben nach unten, lächelte mit seinen schmalen Lippen, zeigte seinen schartigen Mund, zögerte, als wollte er etwas Wichtiges sagen, überlegte es sich aber anders und sagte:

»Schreiben Sie mir bitte eine Leserkarte aus, oder wie heißt das bei Ihnen?«

Sonetschka entzog ihm die in seinen trockenen Händen vergessene Hand, und sie stiegen die gierige kalte Treppe hinauf, die auch die geringste Wärme aus jedem Fuß sog, der sie berührte. Hier, im engen Lesesaal, schrieb sie zum erstenmal mit eigener Hand seinen Namen, der ihr bis dahin völlig unbekannt gewesen war und genau zwei Wochen später ihr eigener werden sollte. Doch vorerst schrieb sie ungelenke Buchstaben mit einem Kopierstift, der in ihren gestopften Wollhandschuhen hin und her rutschte; er betrachtete ihre reine Stirn, lächelte innerlich über ihre merkwürdige Ähnlichkeit mit einem jungen Kamel, einem geduldigen und sanften Tier, und dachte: Sogar das Kolorit stimmt – dunkles, trauriges Umbra und warmes Rosa.

Sie hörte auf zu schreiben und schob mit dem Zeigefinger die heruntergerutschte Brille hoch. Sie sah ihn freundlich, desinteressiert und wartend an: Er hatte ihr seine Adresse nicht diktiert.

Er jedoch war zutiefst verwirrt von dem urplötzlich, wie ein Regenguß aus ruhigem, heiterem Himmel über ihn hereingebrochenen heftigen Gefühl der Schicksalsvollendung: Er begriff – vor ihm stand seine Frau.

Am Tag zuvor war er siebenundvierzig geworden. Er war eine lebende Legende, doch diese Legende war durch seine plötzliche und, wie seine Freunde meinten, unmotivierte Rückkehr aus Frankreich Anfang der dreißiger Jahre von ihm abgeschnitten worden und führte ihr mündliches Leben in den aussterbenden Galerien des okkupierten Paris weiter, zusammen mit seinen seltsamen Bildern, die Schmähungen, Vergessen und schließlich Auferstehung und postumen Ruhm durchleben sollten. Doch das alles wußte er nicht. In einer schwarzen löchrigen Wattejacke, ein graues Handtuch um den Hals mit dem hervortretenden Adamsapfel gewickelt, Glücklichster unter den Unglücklichen, nach nichtigen fünf Jahren Haft nun auf Bewährung Maler in einer Fabrikverwaltung, stand er vor dem linkischen Mädchen und lächelte, denn er begriff, daß sich in ihm wieder mal ein Verrat vollzog, woran sein wendiges Leben so reich gewesen war: Er hatte den Glauben der Vorfahren, die Hoffnungen der Eltern, die Liebe seines Lehrers, die Wissenschaft verraten und freundschaftliche Bande zerrissen, hart und unerbittlich, sobald er sie als Fessel für seine Freiheit empfand. Diesmal verriet er das Gelübde der Ehelosigkeit, das er in den Jahren seines frühen und trügerischen Erfolgs abgelegt hatte, das aber im übrigen kein Keuschheitsgelübde gewesen war.

Er war ein Frauenliebhaber und -verbraucher; aus dieser unerschöpflichen Quelle bezog er viel Nahrung, hütete sich aber sorgsam vor Abhängigkeit, aus Angst, selber Nahrung für jene weibliche Elementargewalt zu werden, die so paradox großzügig ist gegenüber dem Nehmenden und so zerstörerisch grausam gegenüber dem Gebenden.

Sonetschkas friedliche Seele, eingesponnen in einen Kokon aus Tausenden gelesenen Büchern, eingeschläfert vom rauchgrauen Surren griechischer Mythen und hypnotisch schrillen Tönen mittelalterlicher Flöten, von der nebelhaften, windigen Sehnsucht Ibsens, von Balzacs umständlicher Behäbigkeit, von Dantes Astralmusik, vom Sirenengesang der scharfen Stimmen von Rilke und Novalis, verführt von der belehrenden, direkt ins Herz des Himmels gerichteten Verzweiflung der großen Russen – Sonetschkas friedliche Seele erkannte ihren großen Augenblick nicht, ihre Gedanken waren einzig damit beschäftigt, ob sie nicht einen riskanten Schritt wagte, wenn sie einem Leser Bücher mitgab, die nur für die Ausleihe im Lesesaal bestimmt waren.

»Ihre Adresse«, bat Sonetschka schüchtern.

»Sehen Sie, ich bin auf Dienstreise. Ich wohne in der Fabrikverwaltung«, erklärte der seltsame Leser.

»Na, dann Ihren Ausweis, Ihren Meldevermerk«, bat Sonetschka.

Er wühlte in einer tiefen Tasche und holte ein zerknittertes Papier hervor. Sie betrachtete es lange durch die Brille, dann schüttelte sie den Kopf.

»Nein, das geht nicht. Sie sind ja aus der Gebietsstadt.«

Kybele zeigte ihm ihre rote Zunge. Alles ist aus, schien ihm. Er versenkte die Bescheinigung wieder in der Tasche.

»Wir machen es so: Ich nehm' sie auf meine Karte, und Sie bringen mir die Bücher vor Ihrer Abreise zurück«, sagte Sonetschka entschuldigend.

Er begriff, daß alles in Ordnung war.

»Aber ich bitte Sie, gehen Sie sehr sorgfältig damit um«, bat sie sanft und wickelte die drei kleinen Bände in zerfleddertes Zeitungspapier.

Er bedankte sich trocken und ging hinaus.

Während Robert Viktorowitsch voller Abscheu über die Technologie des Kennenlernens und die Mühen des Werbens nachdachte, beendete Sonetschka ohne Eile ihren langen Arbeitstag und rüstete sich zum Nachhausegehen. Sie sorgte sich nicht im mindesten mehr um die Rückgabe der drei wertvollen Bücher, die sie so leichtfertig einem Unbekannten ausgeliehen hatte. Alle ihre Gedanken waren auf den Heimweg durch die kalte und dunkle Stadt gerichtet.

Die besonderen weiblichen Augen, die sich, dem mystischen dritten Auge gleich, bei allen Mädchen sehr früh öffnen, waren bei Sonetschka nicht etwa völlig geschlossen – sie waren eher zugekniffen.

In früher Jugend, mit vierzehn, gleichsam in Erfüllung des uralten Geschlechtsprogramms, dem zufolge jahrtausendelang Mädchen in diesem zarten Alter verheiratet wurden, verliebte sie sich in einen Mitschüler, den hübschen stupsnäsigen Vitka Starostin. Ihre Verliebtheit äußerte sich ausschließlich in dem unbändigen Verlangen, ihn anzusehen, und ihr suchender Blick wurde alsbald nicht nur vom Inhaber des Puppengesichtchens bemerkt, sondern auch von den übrigen Mitschülern, denen das Phänomen auffiel, noch bevor Sonetschka sich seiner überhaupt bewußt wurde.

Bemüht, sich zu beherrschen, suchte sie andere Objekte für ihr Auge – das Rechteck der Tafel, eines Hefts oder des staubigen Fensters –, doch ihr Blick kehrte mit der Hartnäckigkeit einer Kompaßnadel immer wieder von selbst zu dem blonden Hinterkopf zurück, suchte die Begegnung mit dem Blauen, Kalten, Anziehenden … Auch ihre mitfühlende Freundin Soja flüsterte ihr schon zu, sie solle nicht so starren. Doch Sonetschka konnte nichts dagegen tun. Ihr Auge verlangte gierig nach blonder Nahrung.

Das Ganze endete auf schrecklichste und unvergeßliche Weise. Der brutale Onegin, zermürbt von der Last des verliebten Blicks, bestellte seine schweigsame Verehrerin zu einem Rendezvous in eine Seitenallee des Parks und versetzte ihr zwei nicht sehr schmerzhafte, aber tödlich kränkende Ohrfeigen, unter dem wohlwollenden Gelächter vieler im Gebüsch sitzender Mitschüler, die man für ihre seelische Grobheit tadeln müßte, wären die jungen Beobachter nicht allesamt im ersten Winter des bald darauf ausbrechenden Krieges gefallen.

Die erzieherische Lektion des dreizehnjährigen Ritters war im übrigen so überzeugend, daß das Mädchen krank wurde. Zwei Wochen lag sie mit hohem Fieber im Bett. Offenbar verließ das Feuer der Verliebtheit sie auf diese klassische Weise. Als sie wieder gesund war und in Erwartung einer neuen Erniedrigung in die Schule kam, war ihr tragikomisches Abenteuer völlig verdrängt vom Selbstmord der Schulschönheit Nina Borissowa, die sich eines Abends nach dem Unterricht im Klassenraum erhängt hatte.

Was den hartherzigen Helden Vitka Starostin angeht, so war er zu Sonetschkas Glück mit seinen Eltern inzwischen in eine andere Stadt gezogen, und Sonetschka blieb zurück im vollen Bewußtsein, ihre weibliche Biographie habe sich damit ein für allemal erledigt, was sie für ihr ganzes Leben freimachte vom Drang zu gefallen, zu betören und zu bezaubern. Sie empfand gegenüber den erfolgreichen Mädchen ihres Alters weder zerstörerischen Neid noch kräftezehrende Gereiztheit und kehrte zu ihrer wilden und berauschenden Leidenschaft zurück – dem Lesen.

Robert Viktorowitsch kam nach zwei Tagen, als Sonetschka schon nicht mehr an der Ausgabe arbeitete. Er ließ sie rufen. Sie stieg aus dem Keller herauf, wuchs in drei Schritten aus dem dunklen Loch empor, sah ihn lange kurzsichtig an, bis sie ihn erkannte, und nickte ihm dann zu wie einem guten Bekannten.

»Setzen Sie sich bitte.« Er rückte ihr einen Stuhl heran.

In dem kleinen Lesesaal saßen nur ein paar warm angezogene Besucher. Es war kalt – es wurde kaum geheizt.

Sonetschka setzte sich auf den Stuhlrand. Eine schäbige Stoffmütze mit Ohrenklappen lag auf dem Tisch, daneben ein Päckchen, das der Mann langsam und sehr sorgfältig auswickelte.

»Unlängst vergaß ich Sie zu fragen«, sagte er mit seiner leuchtenden Stimme, und Sonetschka lächelte über das gute Wort »unlängst«, das schon lange aus dem allgemeinen Sprachgebrauch verschwunden war, »wie Sie heißen. Verzeihen Sie?«

»Sonja«, antwortete sie kurz und sah weiter zu, wie er das Päckchen auswickelte.

»Sonetschka ... Gut«, sagte er, als sei er einverstanden.

Endlich war die Verpackung ab, und Sonetschka erblickte ein Frauenporträt, mit zartbrauner Farbe, mit Sepia, auf grobem, porösem Papier gemalt. Das Porträt war wundervoll, das Frauengesicht edel, fein, aus einer anderen Zeit. Es war ihr, Sonetschkas Gesicht. Sie atmete kurz ein und verspürte einen Geruch von kaltem Meer.

»Das ist mein Hochzeitsgeschenk«, sagte er. »Ich bin nämlich gekommen, um Ihnen einen Heiratsantrag zu machen.« Er sah sie erwartungsvoll an.

Da betrachtete Sonetschka ihn zum erstenmal: gerade Augenbrauen, schmales Nasenbein, ein trockener Mund mit geraden Lippen, tiefe vertikale Falten in den Wangen und fahle Augen, klug und düster...

Ihre Lippen zitterten. Sie schwieg, den Blick gesenkt. Sie hätte gern noch einmal sein so ausdrucksvolles und anziehendes Gesicht betrachtet, doch das Gespenst von Vitka Starostin huschte hinter seinem Rücken vorbei, und auf die welligen Linien der Zeichnung starrend, die plötzlich kein weibliches Gesicht mehr waren, schon gar nicht ihres, sagte sie kalt und abweisend:

»Ist das ein Scherz?«

Da erschrak er. Er schmiedete längst keine Pläne mehr: Das Schicksal hatte ihn an einen so finsteren Ort verschlagen, den Vorhof der Hölle, sein animalischer Lebenswille war nahezu erschöpft, die Dämmerung des diesseitigen Lebens lockte ihn nicht mehr, und nun sah er eine Frau, die ein reines Licht von innen her erleuchtete, ahnte in ihr seine Frau, die sein erschöpftes, zur Erde strebendes Leben in den zarten Händen halten könnte, und sah zugleich, daß sie eine süße Last für seine von keiner Familie beschwerten Schultern sein würde, für seine feige Männlichkeit, die stets die Bürde der Vaterschaft und die Pflichten eines verheirateten Mannes gemieden hatte. Aber wie hatte er denken können, wie hatte ihm nicht früher in den Sinn kommen können ... Vielleicht gehörte sie bereits einem anderen, irgendeinem jungen Leutnant oder einem Ingenieur in gestopftem Pullover?

Kybele verspottete ihn wieder mit ihrer roten spitzen Zunge, und ihr fröhliches Gefolge aus unzüchtigen, schrecklichen, ihm jedoch sämtlich wohlbekannten Frauen grinste in purpurrotem Schimmer.

Er lachte heiser und gezwungen, schob ihr das Blatt hin und sagte:

»Das war kein Scherz. Ich habe einfach nicht bedacht, daß Sie verheiratet sein könnten.«

Er stand auf und nahm seine unglaubliche Mütze in die Hand.

»Verzeihen Sie mir.«

Er verbeugte sich zackig auf alte Offiziersart, indem er den kurzgeschorenen Kopf neigte, und wandte sich zum Ausgang. Da rief Sonetschka ihm hinterher:

»Warten Sie! Nein! Nein! Ich bin nicht verheiratet!«

Ein alter Mann, der mit einem Jahrgang Zeitungen an einem Lesetisch saß, blickte mißbilligend in ihre Richtung. Robert Viktorowitsch drehte sich um, lächelte und verfiel von seiner kürzlichen Verwirrung, als er vermutete, die Frau entgleite ihm, in eine noch tiefere: Er wußte absolut nicht, was er nun sagen und tun sollte.

Woher nahmen der erschöpfte Robert Viktorowitsch und die von Natur aus zarte Sonetschka die Kraft, inmitten des Elends der Evakuierung, inmitten von Armut, Bedrückung und fanatischen Losungen, die mühsam den unterschwelligen Schrecken des ersten Kriegswinters überdeckten, ein neues Leben aufzubauen, einsam und abgeschieden wie der Turm von Swanetien, ein Leben, das dennoch ohne die geringsten Abstriche ihre gesamte getrennte Vergangenheit umfaßte – das wie der Flug eines geblendeten Nachtfalters jäh unterbrochene Leben Robert Viktorowitschs mit seinen blitzartigen und freudigen Wendungen von der Judaistik zur Mathematik und schließlich zur wichtigsten Sache seines Lebens, der sinnlosen und anziehenden Farbenkleckserei, wie er selbst sein Handwerk bezeichnete, und Sonetschkas Leben, das sich von fremden, verlogenen und verführerischen Bücherphantasien nährte?

Sonetschka brachte nun in ihr gemeinsames Leben ein irgendwie erhabenes und heiliges Fehlen von Erfahrung ein, eine unendliche Anteilnahme an all dem wichtigen, großen, nicht ganz verständlichen Inhalt, den Robert Viktorowitsch über sie ergoß, selbst unaufhörlich darüber staunend, wie neu und verwandelt seine Vergangenheit nach langen nächtlichen Gesprächen plötzlich wurde. Wie die Berührung des Steins der Weisen erwiesen sich die nächtlichen Gespräche mit seiner Frau als Zaubermechanismus zur Reinigung der Vergangenheit.

Von den fünf Jahren Lagerhaft, erinnerte sich Robert Viktorowitsch, waren die ersten beiden am schlimmsten, dann rüttelte es sich irgendwie zurecht – er malte Porträts von den Ehefrauen der Natschalniks, fertigte auf Bestellung Kopien von Kopien an ... Die Originale selbst waren armselige Zeugnisse gefallener Kunst, und wenn Robert Viktorowitsch sich damit befaßte, lenkte er sich auf irgendeine formale Weise ab, zum Beispiel, indem er linkshändig malte. Nebenbei entdeckte er, daß sich durch die zeitweilige Linkshändigkeit seine Farbwahrnehmung änderte.

Vom Naturell her war Robert Viktorowitsch Asket, kam immer mit einem Minimum aus, doch nachdem es ihm viele Jahre selbst an dem gefehlt hatte, was er für unentbehrlich hielt – Zahnpasta, eine gute Rasierklinge und heißes Wasser zum Rasieren, ein Taschentuch und Toilettenpapier –, freute er sich jetzt über jede winzige Kleinigkeit, über jeden neuen Tag, erleuchtet von der Anwesenheit seiner Frau Sonetschka, über die verhältnismäßige Freiheit des durch ein Wunder aus dem Lager Entlassenen, der sich nur einmal in der Woche bei der örtlichen Miliz melden mußte.

Sie lebten besser als viele andere. Im Keller der Fabrikverwaltung wurde dem Maler ein fensterloses Zimmer neben dem Kesselraum zugeteilt. Es war warm. Der Strom wurde fast nie abgeschaltet. Der Heizer kochte ihnen die Kartoffeln, die Sonetschkas Vater brachte – mit seiner nimmermüden handwerklichen Fertigkeit sorgte er für zusätzliche Lebensmittel.

Einmal sagte Sonetschka träumerisch und mit einem leisen Anflug von Pathos, das ihr sonst nicht eigen war:

»Wenn wir gesiegt haben und der Krieg zu Ende ist, dann werden wir glücklich leben.«

Ihr Mann unterbrach sie trocken und gallig:

»Mach dir keine Illusionen. Wir leben wunderbar, und zwar jetzt. Und was den Sieg angeht … Wir beide werden immer die Verlierer sein, egal, welcher Menschenfresser gewinnt.« Finster schloß er mit dem unverständlichen Satz: »Von meinem Erzieher hab' ich mitbekommen, daß ich weder ein Grüner noch ein Blauer, weder Parmutarier noch Scutarier geworden bin …«

»Wovon redest du?« fragte Sonetschka ängstlich.

»Das ist nicht von mir. Das ist Mark Aurel. Blaue und Grüne – das waren die Farben der

Parteien auf dem Hippodrom. Ich wollte sagen, daß mich nie interessiert hat, wessen Pferd als erstes einläuft. Für uns ist das unwichtig. In jedem Fall geht der Mensch zugrunde, sein Privatleben. Schlaf, Sonetschka.«

Er wickelte sich ein Handtuch um den Kopf – eine seltsame Angewohnheit aus dem Lager – und schlief augenblicklich ein. Sonetschka aber lag noch lange im Dunkel wach, quälte sich, weil etwas unausgesprochen geblieben war, und verdrängte eine Ahnung, die weit schrecklicher war als alles Unausgesprochene: Ihr Mann verfügte über ein so gefährliches Wissen, daß es besser war, nicht daran zu rühren, und sie lenkte ihre Gedanken auf etwas anderes, auf die matten und sachten Bewegungen in ihrem Unterleib, und versuchte sich vorzustellen, wie die Fingerchen, so lang wie ein viertel Streichholz, in ebensolcher Dunkelheit wie der, die sie jetzt umgab, leicht über die weiche Wand ihrer ersten Behausung strichen, und sie lächelte.

Sonetschkas Begabung, die Bücherwelt lebendig und intensiv zu erleben, trübte sich, schien zu erstarren, und plötzlich stellte sich heraus, daß das unscheinbarste Ereignis diesseits der Buchseiten – das Fangen einer Maus in einer selbstgebastelten Mausefalle, ein in einem Glas plötzlich aufgeblühter knorriger und völlig toter Zweig, eine Handvoll chinesischen Tees, den Robert Viktorowitsch zufällig aufgetrieben hatte – wichtiger und bedeutsamer war als eine fremde erste Liebe, ein fremder Tod und sogar als der Abstieg in die Hölle, jenen äußersten literarischen Punkt, wo der Geschmack der Jungvermählten völlig übereinstimmte.

Bereits in der zweiten Woche ihrer überstürzten Ehe erfuhr Sonetschka von ihrem Mann etwas für sie Entsetzliches: Ihm war die russische Literatur vollkommen gleichgültig, er fand sie nackt, tendenziös und unerträglich belehrend. Einzig bei Puschkin machte er widerwillig eine Ausnahme. Es kam zu einer Diskussion, bei der Robert Viktorowitsch Sonetschkas Hitzigkeit strenge und kalte Argumente entgegensetzte, die Sonetschka nicht ganz verstand; die häusliche Konferenz endete schließlich mit bitteren Tränen und süßen Umarmungen.

Der dickköpfige Robert Viktorowitsch, der immer das letzte Wort behielt, sagte in der dumpfen vormorgendlichen Stunde noch zu seiner im Einschlafen begriffenen Frau:

»Eine Pest … Eine Pest sind diese ganzen Autoritäten von Gamaliel bis Marx. Und eure erst … Dieser ganze aufgeblasene Gorki und der zu Tode erschreckte Ehrenburg … Und Apollinaire ist auch aufgeblasen …«

Bei Apollinaire fuhr Sonetschka auf:

»Hast du Apollinaire auch gekannt?«

»Hab' ich«, antwortete er widerwillig. »Im vorigen Krieg … Ich hab' mir zwei Monate lang mit ihm das Quartier geteilt. Dann wurde ich nach Belgien versetzt, in die Nähe von Ypern. Kennst du das?«

»Ja, Yperit, ich weiß«, murmelte Sonetschka, begeistert von der Unerschöpflichkeit seiner Biographie.

»Na, Gott sei Dank ... Ich bin genau in den Gasangriff geraten. Aber ich war auf einem Hügel, auf der vom Wind abgewandten Seite, darum hab' ich keine Vergiftungen abgekriegt. Ich bin schließlich ein Glückspilz ...« Und um sich noch einmal von seinem außerordentlichen Glück des Auserwählten zu überzeugen, schob er eine Hand unter Sonjas Schulter.

Auf die russische Literatur kamen sie nicht mehr zurück.

Einen Monat vor der Geburt des Kindes endete die unbestimmte Dienstreise von Robert Viktorowitsch, die er so lange hingezogen hatte, wie er konnte, und er bekam die Auflage, unverzüglich in das baschkirische Dorf Dawlekanowo zurückzukehren, wo er seine Verbannung absitzen und auf die Zukunft hoffen sollte, die in Sonetschkas Vorstellung noch immer wundervoll aussah, woran Robert Viktorowitsch stark zweifelte.

Der Vater und die inzwischen schwer lungenkranke Mutter redeten auf Sonja ein, sie solle wenigstens bis zur Entbindung in der Stadt bleiben, aber Sonetschka war fest entschlossen, mit ihrem

Mann zu fahren, und auch Robert Viktorowitsch mochte sich nicht von seiner Frau trennen. Bei dieser Gelegenheit fiel der einzige Schatten von Unzufriedenheit auf das Verhältnis des alten Uhrmachers zu seinem Schwiegersohn. Der Alte, der zu der Zeit bereits zwei Söhne und den älteren Schwiegersohn verloren hatte, befreundete sich wortlos und eng mit Robert Viktorowitsch: Der Unterschied in ihrer sozialen Stellung schien jetzt in der aus den Fugen geratenen Welt keine Rolle mehr zu spielen, sondern eher die ganze vermeintliche Überlegenheit des Intellektuellen gegenüber dem Proletarier zu entlarven. Was den Rest anging – der kulturelle Eisberg unter der Wasseroberfläche war bei beiden derselbe.

Die Familie rüstete Sonja einen Tag lang für die Reise – soviel Zeit hatte Robert Viktorowitsch bekommen, um alle seine Angelegenheiten zu Ende zu bringen. Die Mutter vergoß gelbe Tränen, säumte dabei energisch Windeln und nähte mit einer kostbaren dünnen Nadel zärtlich Leibchen, die sie aus einem alten Hemd von sich geschneidert hatte. Sonjas ältere Schwester, die vor kurzem ihren Mann an der Front verloren hatte, strickte winzige Socken aus roter Wolle und starrte vor sich hin. Der Vater, der ein Pud Weizen beschafft hatte, schüttete ihn in kleine Säckchen und sah ab und zu mißtrauisch auf Sonja, die zwar schon im neunten Monat war, in letzter Zeit aber so abgenommen hatte, daß sie nicht einmal die Knöpfe an ihrem Rock versetzen mußte; ihre Schwangerschaft war weniger an der veränderten Figur zu erkennen als an dem aufgedunsenen Gesicht und den geschwollenen Lippen.

»Ein Mädchen, es wird ein Mädchen«, sagte die Mutter leise. »Töchter, die saugen immer die Schönheit aus der Mutter ...«

Sonjas Schwester nickte teilnahmslos, Sonetschka aber lächelte und wiederholte insgeheim immer wieder: Mein Gott, laß es ein Mädchen sein, wenn's geht, blond ...

In der Nacht brachte sie ein Bekannter, ein Eisenbahner, in einem kleinen Zug mit drei Waggons unter, der anderthalb Kilometer von der Bahnstation entfernt stand; in einem Waggon, der noch Spuren seiner edlen Herkunft in Form von massiver Holztäfelung bewahrt hatte. Die weichen Liegen und Klapptische waren im übrigen längst herausgerissen und der Pullman-Luxus durch Holzbänke ersetzt.

Von Swerdlowsk bis Ufa fuhren sie über anderthalb Tage in einem vollgestopften Waggon, und während der ganzen Fahrt mußte Robert Viktorowitsch merkwürdigerweise an seine jugendlich-übermütige Reise nach Barcelona denken, wohin er 1923 oder 1924, nachdem er sein erstes großes Geld bekommen hatte, gefahren war, um Gaudí kennenzulernen.

Sonetschka schlief fast die ganze Fahrt über vertrauensvoll, die Füße gegen das weiche Bündel einer zusammengerollten Decke gestemmt und die Schulter an die magere Brust ihres Mannes gelehnt; und er rief sich die krumme, bergauf kriechende Straße in Erinnerung, in der sein Hotel gestanden hatte, den naiven runden Springbrunnen vor dem Fenster und das sonnengebräunte Gesicht, die feingeschnittene Nase der außergewöhnlich schönen Prostituierten, mit der er die ganze Woche in Barcelona gezecht hatte wie ein reicher Kaufmann. Er kramte in seinem Gedächtnis und fand mühelos kleine, schillernde Details: das Eulengesicht des Kellners im Hotelrestaurant, die wundervollen geflochtenen Schuhe aus strohgelbem Kalbsleder, die er in einem Laden mit dem riesigen blauen Schild »Homer« gekauft hatte, und sogar den Namen des barcelonischen Mädchens – Concetta! Sie war Italienerin, eine Zugereiste, stammte aus den Abruzzen. Gaudí aber hatte ihm überhaupt nicht gefallen ... In allen Einzelheiten sah er nun, ein Vierteljahrhundert später, diese seltsamen Gebilde vor sich, vollkommen vegetabil, ganz und gar ausgedacht, unglaubhaft ...

Sonetschka nieste, wurde halb wach und murmelte etwas. Er drückte ihre verschlafene Hand an sich, kehrte zurück in die Gegend um Ufa, ins wilde Baschkirien, lächelte und schüttelte ungläubig den grauen Kopf: War das wirklich ich? Bin wirklich ich jetzt hier? Nein, es gibt überhaupt keine Wirklichkeit …

Die Entbindungsklinik, wohin Robert Viktorowitsch Sonetschka bei den ersten Anzeichen der einsetzenden Geburt brachte, befand sich am Rande einer großen, flachen Siedlung in einer waldlosen, zertrampelten Gegend. Das Gebäude selbst, gebaut aus mit Stroh vermischten Lehmziegeln, hatte kleine matte Fenster und war häßlich.

Der einzige Arzt war ein schnell errötender, nicht mehr ganz junger blonder Mann mit dünner weißer Haut, Pan Rzuwalski, ein Flüchtling aus Polen, in jüngster Vergangenheit noch ein Warschauer Modearzt, ein Weltmann und Liebhaber guter Weine. Er stand mit dem Rücken zu den eintretenden Besuchern, blendete sie mit dem bläulichen Weiß seines Kittels, das hier zwar fehl am Platz, aber beruhigend war; er kaute auf den Enden seines hellen Schnurrbarts herum und polierte mit einem Wildlederlappen die Gläser seiner großen Brille. An dieses Fenster trat er mehrmals am Tag, blickte auf die formlose, mit schmutzigen Grasfetzen bewachsene Erde statt auf die ebenmäßige Jerusalemer Allee, an der seine Warschauer Klinik lag, und wischte sich die Augen mit einem rot-grün karierten englischen Taschentuch, dem einzigen, das er noch besaß.

Er hatte gerade eine vierzig Werst zu Pferd angereiste ältere Baschkirin untersucht, der Pflegerin zugerufen: »Waschen Sie die Dame ein bißchen!« und stand nun da, kämpfte gegen das ob dieser Zumutung unwillkürlich aufkommende Zittern in der Brust an und dachte wehmütig an seine seidigen Patientinnen und den süßlichen Milchgeruch ihrer gepflegten, teuren Genitalien.

Er drehte sich um, als er jemanden hinter sich spürte, und erblickte auf der Bank eine große junge Frau in einem hellen, abgetragenen Mantel und einen grauhaarigen, spitzgesichtigen Mann in einer geflickten Jacke.

»Ich habe gewagt, Sie zu behelligen, Doktor«, begann der Mann, und Pan Rzuwalski, der beim ersten Ton sogleich die Zugehörigkeit des Mannes zu seiner eigenen Kaste spürte, der mit Füßen getretenen europäischen Intelligenz, ging mit einem Lächeln des Erkennens auf ihn zu.

»Ich bitte Sie ... Bitte. Sie sind mit Ihrer Gattin gekommen?« sagte Pan Rzuwalski halb fragend, nachdem er den großen Altersunterschied bemerkt hatte, der auch andere Beziehungen zwischen diesen beiden äußerlich so wenig zusammenpassenden Menschen vermuten ließ. Er zeigte auf einen Vorhang, hinter dem er seinen winzigen Untersuchungsraum hatte.

Nach weiteren fünfzehn Minuten hatte er Sonetschka untersucht und das Herannahen der

Geburt bestätigt, sagte aber, sie müßten sich noch bis gegen zehn Uhr gedulden, wenn alles glatt und termingerecht abliefe.

Sonetschka wurde auf ein Bett gelegt, das mit kaltem, starrem Wachstuch bedeckt war, Pan Rzuwalski klopfte ihr eher wie ein Tierarzt auf den Bauch und ging zu der Baschkirin, die, wie sich herausstellte, drei Tage zuvor ein totes Kind geboren hatte; es war alles gut gewesen, nun aber ging es ihr schlecht.

Nach zweieinhalb Stunden kam der Doktor mit großen Tränen auf den sauber rasierten Wangen auf die Treppe heraus, wo der finstere Robert Viktorowitsch saß, ohne sich von der Stelle zu rühren, und flüsterte ihm tragisch ins Ohr:

»Ich müßte erschossen werden. Ich habe nicht das Recht, unter solchen Bedingungen zu operieren. Ich habe nichts, buchstäblich nichts. Aber seinlassen kann ich es auch nicht. In vierundzwanzig Stunden wird sie an Kindbettfieber sterben!«

»Was ist mit ihr?« fragte Robert Viktorowitsch mit versteinerter Stimme und stellte sich die sterbende Sonetschka vor.

»Ach, mein Gott! Verzeihen Sie! Mit Ihrer Frau ist alles in Ordnung, sie hat Wehen; ich rede von dieser unglücklichen Baschkirin …«

Robert Viktorowitsch knirschte mit den Zähnen und fluchte insgeheim: Er verabscheute nervenschwache Männer, die von dem Verlangen besessen sind, jede Minute ihrer Empfindungen auszusprechen. Er kaute auf den Lippen und blickte zur Seite.

Das kleine, zwei Kilogramm schwere Mädchen, das Sonetschka in der Viertelstunde zur Welt brachte, während Pan Rzuwalski auf der Treppe redete, war blond und schmalgesichtig, haargenau wie Sonetschka es sich vorgestellt hatte.

Für Sonetschka veränderte sich alles so gründlich und tiefgreifend, als habe ihr bisheriges Leben sich abgewandt, den geliebten Gehalt der Bücher mit sich genommen und ihr statt dessen die unglaublichen Lasten von Armut, Kälte, Unsicherheit und täglichen Sorgen um die kleine Tanja und Robert Viktorowitsch überlassen, die abwechselnd krank waren.

Die Familie hätte nicht überleben können ohne die ständige Hilfe des Vaters, der es fertigbrachte, alles Lebensnotwendige für sie aufzutreiben. Auf alle Überredungsversuche der Eltern, wenigstens für diese schwerste Zeit mit dem Kind nach Smolensk zu kommen, hatte Sonetschka nur eine Antwort: Robert Viktorowitsch und ich gehören zusammen.

Nach einem regnerischen Sommer, der wie ein nicht enden wollender Herbst anmutete, brach übergangslos ein strenger Winter herein. In dem baufälligen Häuschen aus ungebrannten

Lehmziegeln erschien ihnen das Kellerzimmer in der Fabrikverwaltung im nachhinein wie ein tropischer Paradiesgarten.

Ihre Hauptsorge war das Heizmaterial. Die Schule für Mähdrescherfahrer, wo Robert Viktorowitsch als Buchhalter angestellt war, lieh ihm manchmal ein Pferd, und er fuhr seit dem Herbst oft in die Steppe, um trockenes, hohes Gras zu mähen, das an Schilf erinnerte und dessen Namen niemand wußte. Ein bis obenhin vollbeladener Karren davon reichte zum Heizen für zwei Tage – das wußte er noch vom vorigen Winter, den er vor seiner Abreise nach Smolensk im Dorf verbracht hatte.

Er preßte das Gras und stopfte den Anbau mit den selbstgemachten Briketts voll. Er hob einen Teil des Fußbodens wieder aus, den er selber verlegt hatte, ohne daran zu denken, daß er irgendwo Kartoffeln lagern mußte. Er grub einen Keller, ließ ihn trocknen und befestigte ihn mit gestohlenen Brettern. Er baute eine Toilette, worüber sein Nachbar, der alte Ragimow, den Kopf schüttelte und spottete. In hiesigen Gefilden hielt man ein Holzbrett mit einem Loch in der Mitte für überflüssigen Luxus und begnügte sich seit Jahrhunderten mit dem nahe gelegenen Platz, der als »vor dem Wind« bezeichnet wurde.

Er war zäh und sehnig, und körperliche Erschöpfung war tröstlich für seine Seele, die das sinnlose Berechnen falscher Zahlen ebenso verabscheute wie das Abfassen verlogener Berichte und fiktiver Vermerke über die Abschreibung angeblich gestohlenen Treibstoffs, geklauter Ersatzteile und auf dem örtlichen Markt verkauften Gemüses von der Hilfswirtschaft, für die ein durchtriebener Gärtner zuständig war, ein fröhlicher, schamloser Ukrainer mit einem verkrüppelten rechten Arm.

Dafür öffnete er jeden Abend die Tür seines Hauses und erblickte im lebendigen, feueratmenden Licht der Petroleumlampe, in einer flackernden, blinkenden Wolke Sonetschka, die auf ihrem einzigen, von Robert Viktorowitsch zu einem Sessel umgebauten Stuhl saß; und am spitz auslaufenden Ende ihrer kissenartigen Brust lag wie angeleimt das Köpfchen des Kindes, gräulich und zart-wuschelig wie ein Tennisball. Alles schwankte und pulsierte ganz sacht: die Wellen des ungleichmäßigen Lichtes, die Wellen der warmen Milch und andere unsichtbare Ströme, vor denen er erstarrte und darüber vergaß, die Tür zu schließen. »Die Tür!« verkündete Sonetschka mit einem langgezogenen Flüstern, lächelte ihrem Mann entgegen, legte die Tochter quer auf ihr einziges Bett, holte einen Topf unter dem Kopfkissen hervor und stellte ihn mitten auf den leeren Tisch. An ihren besten Tagen war darin eine dicke Suppe aus Pferdefleisch mit Kartoffeln aus der Hilfswirtschaft und Weizen, den der Vater geschickt hatte.

Sonetschka erwachte immer im Morgengrauen vom Strampeln des Mädchens, das sie dann fest an ihren Bauch drückte, wobei sie im verschlafenen Rücken die Anwesenheit ihres Mannes spürte. Ohne die Augen zu öffnen, knöpfte sie sich die Jacke auf, holte die morgens stets feste Brust heraus, drückte zweimal auf die Brustwarze, und zwei lange Strahlen fielen auf den bunten Lappen, mit dem sie die Brustwarze abwischte. Das Mädchen wurde unruhig, schürzte die Lippen, schmatzte und schnappte nach der Brustwarze wie ein kleiner Fisch nach einer großen Beute. Es war viel Milch, sie kam leicht, und das Stillen mit dem sanften Stupsen gegen die Brustwarze, an der der zahnlose Mund zupfte und kaute, bereitete Sonja einen Genuß, den ihr Mann auf unbegreifliche Weise spürte, worauf er unfehlbar zu dieser frühen vormorgendlichen Stunde erwachte. Er umarmte ihren breiten Rücken, preßte sie eifersüchtig an sich, und sie erstarb unter der doppelten Last unerträglichen Glücks. Sie lächelte beim ersten Morgenlicht, und ihr Körper stillte schweigend und freudig den Hunger der beiden kostbaren und untrennbar mit ihr verbundenen Wesen.

Dieses morgendliche Gefühl beleuchtete den ganzen Tag, alle Arbeit lief wie von selbst, leicht und beschwingt, und jeder Tag, den Gott werden ließ, prägte sich Sonetschka ein, ohne mit dem davor oder danach zu verschmelzen: Mal gab es mittags einen trägen Regen, mal kam ein großer rostbrauner Vogel mit krummen Beinen angeflogen und setzte sich auf den Zaun, mal brach der erste frühe Zahn als schmaler Grat im geschwollenen Kiefer der Tochter durch. Fürs ganze Leben bewahrte Sonja – wozu diese mühselige und sinnlose Gedächtnisarbeit – das Bild eines jeden Tages, seine Gerüche und Schattierungen, und insbesondere, übertrieben und gewichtig, jedes Wort ihres Mannes in jedem Augenblick.

Viele Jahre später wunderte sich Robert Viktorowitsch oft über das wahllose Gedächtnis seiner Frau, das einen ganzen Wust von Daten, Stunden und Details auf seinem Grund versenkte. Selbst an jedes Spielzeug, das Robert Viktorowitsch zahllos und mit längst vergessener schöpferischer Freude für seine heranwachsende Tochter gebastelt hatte, erinnerte sich Sonetschka ohne Ausnahme. Allerhand Kleinigkeiten – holzgeschnitzte Tiere, aus Seilen gedrehte fliegende Vögel, Holzpuppen mit gefährlichen Gesichtern – nahm Sonetschka später mit nach Moskau, vergaß jedoch nie, was sie bei Ragimows Kindern und Enkeln gelassen hatte, einer fröhlichen Horde sich gleichender, magerer Spatzen: die zusammenlegbare Festung für den

Puppenkönig mit gotischem Turm und Zugbrücke, den römischen Zirkus mit Sklaven und Tieren aus Streichhölzern und ein ziemlich sperriges Gerät mit einem Griff und vielen farbigen Brettchen, die sich bewegten, klapperten und barbarische Musik machten.

Diese Erfindungen überstiegen bei weitem die spielerischen Möglichkeiten eines kleinen Kindes. Das Mädchen, das ein ebenso ausgeprägtes Gedächtnis hatte wie seine Mutter und auch viele Erinnerungen an diese Zeit bewahrte, erinnerte sich später nicht mehr an das Spielzeug; zum Teil vielleicht auch deshalb, weil Robert Viktorowitsch bereits in Alexandrow, wohin die Familie neunzehnhundertsechsundvierzig aus dem Ural umzog, ihr ganze Phantasiestädte aus Holzspänen und gefärbtem Papier gebaut hatte, reiche Vorstufen zu dem, was später als Papierarchitektur bezeichnet wurde. Dieses zerbrechliche Spielzeug verschwand bei den zahlreichen Umzügen der Familie Ende der vierziger und Anfang der fünfziger Jahre.

Hatte sich die erste Hälfte von Robert Viktorowitschs Leben in großen und übermütigen geographischen Sprüngen von Rußland nach Frankreich, dann nach Amerika, auf den Balkan, nach Algier, erneut nach Frankreich und schließlich wieder nach Rußland vollzogen, war die zweite Hälfte, von Lager und Verbannung bestimmt, von kleinen Ortswechseln geprägt:

Alexandrow, Kalinin, Puschkino, Lianosowo. So näherte er sich ein ganzes Jahrzehnt lang Moskau, das er keineswegs als Athen oder Jerusalem betrachtete.

In den ersten Nachkriegsjahren ernährte Sonetschka die Familie mit der von der Mutter geerbten Nähmaschine und dem unschuldigen Wagemut der Autodidaktin, die immerhin einen Ärmel richtig anzunähen verstand. Ihre Auftraggeber waren nicht anspruchsvoll, und die Meisterin selbst gab sich Mühe und hatte feste Preise.

Robert Viktorowitsch bekam Stellen, die mehr für Invaliden geeignet waren – mal als Wächter in einer Schule, mal als Buchhalter in einem Artel, das gräßliche Eisenklammern unbekannter Bestimmung herstellte. Robert Viktorowitsch, der sich in Paris als freier Künstler ernährt hatte, konnte sich nicht vorstellen, in seinem Beruf im Dienste des langweiligen und trostlosen Staates zu arbeiten, selbst wenn er sich mit dessen dumpfer Blutrünstigkeit und schamloser Verlogenheit hätte abfinden können.

Seine künstlerische Phantasie befriedigte er auf schneeweißen Zeichenbrettern, wo er die dritte Generation der einst zur Unterhaltung seiner Tochter gedachten Bauwerke aus Holzspänen und Papier schuf. Bei der Gelegenheit offenbarte sich sein besonderer Blick für Räumlichkeit, ein exaktes Gefühl für das Verhältnis von Raum und Fläche. Man konnte sich nicht satt sehen an den bizarren Figuren, die er aus einem Blatt Papier ausschnitt und aus denen er dann – hier ein bißchen gerollt, dort gefalzt und nach außen gestülpt – einen namenlosen Gegenstand formte, den es in der Natur bislang nicht gab. Das Spiel, einst für seine Tochter ersonnen, wurde zu seinem eigenen.

Sonjas weibliches Vertrauen kannte keine Grenzen. Sie hatte das Talent ihres Mannes zum Glauben erhoben und betrachtete alles, was seine Hände schufen, mit ehrfürchtiger Begeisterung. Sie verstand nichts von den komplizierten räumlichen Aufgaben und den um so eleganteren Lösungen, spürte aber in seinem sonderbaren Spielzeug das Abbild seiner Persönlichkeit, das Wirken geheimnisvoller Kräfte, und murmelte glücklich vor sich hin: »Mein Gott, womit habe ich ein solches Glück verdient …«

Die Malerei hatte Robert Viktorowitsch so gut wie aufgegeben. Aus seinem früheren Spiel mit Tanetschka war ein neues Handwerk geworden. Wie immer kam ihm der Zufall zu Hilfe: Im Vorortzug nach Alexandrow traf er den berühmten Maler Timler. Sie kannten sich noch aus Paris, und Timler hatte die Beziehung zu ihm nach seiner Rückkehr nach Moskau bis zur Verhaftung aufrechterhalten. Dieser Künstler mit dem Ruf eines Formalisten – wer wird je erklären, was das selbstherrliche und zum Gesetz erhobene Mittelmaß darunter verstand – hatte im Theater Unterschlupf gefunden. Er besuchte Robert Viktorowitsch, stand anderthalb Stunden im Bretterverschlag vor ein paar Kompositionen, die mit Reihen arabischer Ziffern und hebräischer Buchstaben unterzeichnet waren, wußte als Sohn eines Dorfzimmermanns, der zwei Jahre im Cheder gelernt hatte, deren außerordentliche Qualität zu schätzen, genierte sich jedoch, den Autor nach der Bedeutung der seltsamen Reihen von Zeichen zu fragen; Robert Viktorowitsch seinerseits kam es nicht in den Sinn, Erklärungen abzugeben über die für ihn offensichtliche Verbindung des kabbalistischen Alphabets, eines trockenen Überbleibsels aus der Zeit seiner jugendlichen Begeisterung für die Judaistik, und der kühnen Spiele mit dem Raum, den er auseinandernahm und umstülpte.

Timler trank lange schweigend Tee, und bevor er abfuhr, sagte er mürrisch:

»Hier ist es sehr feucht, Robert, Sie können Ihre Arbeiten in mein Atelier bringen.«

Dieses Angebot bedeutete absolute Anerkennung und war äußerst großherzig, doch Robert Viktorowitsch nahm es nicht an. Die zu zufälligem Leben erweckten unbenannten Gegenstände fielen wieder ins Nichts, verfaulten in einem der nächsten Schuppen und überlebten die vielen Umzüge nicht.

Hier im Schuppen bekam Robert Viktorowitsch von Timler auch den ersten Auftrag für ein Bühnenbild. Bald waren Robert Viktorowitschs Theaterdekorationen in ganz Moskau berühmt, und die Aufträge nahmen kein Ende. Auf einer Bühne von einem halben Meter gestaltete er mal Gorkis Nachtasyl, mal das verlassene Zimmer eines Toten, mal Ostrowskis unsterbliche Kornspeicher.

Zwischen Holzschuppen, Taubenschlägen und quietschenden Schaukeln lief die sonderbare Tanja herum. Sie trug gern die Kleider ihrer Mutter. Das magere große Mädchen ertrank in Sonetschkas weiten Kleidern, um die sie in der Taille ein verblaßtes Kaschmirtuch band. Das schmale Gesicht war von dickem, wie Pusteblumensamen nach allen Seiten abstehendem, widerspenstigem Haar umrahmt, das sich von keinem Kamm bändigen und nicht zu Zöpfen flechten ließ. Sie flitzte in der schwülen Luft umher, die angefüllt war vom Geruch alter Fässer, fauliger Gartenmöbel und den dichten, allzu dichten Schatten, von denen verschlissene und nutzlose Dinge umgeben sind, und verschwand plötzlich wie ein Chamäleon darin. Sie erstarrte für lange Zeit und schrak zusammen, wenn sie gerufen wurde. Sonetschka machte sich Sorgen und beklagte ihrem

Mann gegenüber die Nervosität und merkwürdige Nachdenklichkeit der Tochter. Er legte Sonja die Hand auf die Schulter und sagte:

»Laß sie. Du willst doch schließlich nicht, daß sie im Gleichschritt marschiert.«

Sonetschka bemühte sich, Tanja an Bücher heranzuführen, doch wenn Tanja Sonjas meisterhaftem Vorlesen zuhörte, bekam sie glasige Augen und entschwebte in Gefilde, von denen Sonja nicht einmal etwas ahnte.

In den Jahren ihrer Ehe hatte sich Sonetschka von einem erhabenen Mädchen zu einer recht praktischen Hausfrau gewandelt. Sie wünschte sich leidenschaftlich ein normales menschliches Zuhause – mit einem Wasserhahn in der Küche, einem separaten Zimmer für die Tochter, einem Atelier für ihren Mann, mit gebratenem Fleisch und Kompott auf dem Tisch und gestärkten weißen Laken anstelle der aus drei unterschiedlichen Flicken zusammengesetzten. Im Namen dieses großen Ziels hatte Sonja zwei Arbeitsstellen zugleich, ratterte nachts mit der Nähmaschine und sparte heimlich Geld. Außerdem träumte sie davon, mit ihrem verwitweten Vater zusammenzuziehen, der inzwischen fast erblindet und sehr schwach war.

Ständig unterwegs in Bussen und verrotteten Vorortzügen, wurde sie schnell und unschön alt: Der zarte Flaum auf ihrer Oberlippe verwandelte sich in schmuddeliges, geschlechtsloses

Gestrüpp, die Augenlider sackten herab und verliehen ihrem Gesicht einen hündischen Ausdruck, und die Schatten unter den Augen wichen weder nach der sonntäglichen Erholung noch nach einem zweiwöchigen Urlaub.

Doch die Bitterkeit des Alterns vergiftete Sonetschka nicht das Leben, wie es bei stolzen Schönen vorkommt: Der unveränderliche Altersunterschied zu ihrem Mann bewahrte ihr das Gefühl eigener nimmerwelkender Jugend, und Roberts unerschöpflicher ehelicher Eifer bestätigte sie darin. Jeder Morgen war in das Licht unverdienten weiblichen Glücks getaucht, so grell, daß sie sich unmöglich daran gewöhnen konnte. Im tiefsten Innern ihres Herzens war sie ständig darauf gefaßt, dieses Glück zu verlieren – wie etwas Zufälliges, das irrtümlich oder aus Versehen über sie hereingebrochen war. Auch die geliebte Tochter Tanja kam ihr vor wie eine zufällige Gabe, was der Gynäkologe seinerzeit bestätigt hatte: Sonetschka hatte eine sogenannte kindliche Gebärmutter, unterentwickelt und ungeeignet zum Austragen von Kindern, und nach Tanja wurde Sonja nie wieder schwanger, worüber sie sehr trauerte und sogar weinte. Ihr schien, sie sei der Liebe ihres Mannes nicht wert, wenn sie nicht in der Lage war, ihm weitere Kinder zu gebären.

Anfang der fünfziger Jahre bekam die Familie dank Sonjas gewaltiger Mühen und Anstrengungen eine Wohnung, halb durch Kauf, halb durch Tausch. Sie bezogen ein ganzes Viertel eines einstöckigen Holzhauses, eines der wenigen damals noch erhaltenen Gebäude im fast vollständig vernichteten Moskauer Peterspark in der Nähe der Metrostation »Dynamo«. Das Haus war wundervoll – die einstige Datscha eines vor der Revolution berühmten Anwalts. Auch ein Viertel des Gartens am Haus gehörte zu ihrer Wohnung.

Alles ging in Erfüllung. Tanja hatte ein eigenes Zimmer, eine Kammer im Dachgeschoß, Sonjas Vater, der sein letztes Lebensjahr vor sich hatte, bekam ein Eckzimmerchen, und auf der winterfesten Veranda richtete Robert Viktorowitsch sein Atelier ein. Auch das Geld war nicht mehr so knapp.

Durch den Wohnungstausch lebte Robert Viktorowitsch nun zufällig in der Nähe des Moskauer Montmartre, zehn Minuten entfernt von einem ganzen Künstlerstädtchen. Zu seiner großen Überraschung fand er an einem Ort, den er für verödet und verlassen gehalten hatte, wenn nicht Gleichgesinnte, so doch zumindest Gesprächspartner – einen russischen Barbizonier*, Beschützer streunender Katzen und aus dem Nest gefallener Vögel; Alexander Iwano-

* Anhänger einer Malschule der Mitte des 19. Jh., benannt nach dem französischen Dorf Barbizon (Anm. d. Ü.).

witsch K., der seine eigenwilligen Bilder auf der nackten Erde sitzend malte und behauptete, der Kontakt seines Gesäßes verleihe ihm wie Antäus schöpferische Kraft; den kahlköpfigen ukrainischen Zen-Buddhisten Grigori L., der durchsichtiges Porzellan und Seide auf Papier zauberte, indem er Aquarellschichten Dutzende Male mit Tee oder Milch übergoß; und den Dichter Gawrilin mit den bunten Haaren und der gebrochenen Nase, ein einmaliges Zeichentalent – auf großen, ungleichmäßig beschnittenen Bögen Packpapier zeichnete er zwischen ausgeklügelten Figuren seine Palindrom-Poeme, verschlüsselte Wort- und Schriftbilder, von denen Robert Viktorowitsch begeistert war.

All diese sonderbaren Menschen, die zu Beginn der trügerischen Tauwetterperiode auftauchten, fühlten sich zu Robert Viktorowitsch hingezogen, und allmählich wurde sein abgeschiedenes Haus zu einer Art Klub, in dem der Hausherr die Rolle des Ehrenvorsitzenden spielte.

Er war wie immer wortkarg, aber eine einzige kritische Bemerkung, der geringste Spott seinerseits genügte, um eine in die Sackgasse geratene Diskussion zu retten oder dem Gespräch eine andere Richtung zu geben. Das Land, das so viele Jahre in lastendem Schweigen verbracht hatte, begann zu reden; doch das freie Gespräch fand hinter verschlossenen Türen statt – die Angst saß allen noch im Nacken.

Sonetschka stopfte einen Strumpf von Tanja, den sie auf einen glatten Stopfpilz aus Holz gezogen hatte, und hörte dem Gespräch der Männer zu. Worüber sie sprachen – Wintersperlinge, die Visionen des Meisters Eckart, die Methoden, Tee aufzubrühen, oder Goethes Farbtheorie –, hatte absolut nichts mit den Sorgen der Zeit draußen zu tun, doch Sonetschka wärmte sich andächtig am Feuer des weltumspannenden Gesprächs und sagte immer wieder vor sich hin: »Mein Gott, womit habe ich das alles verdient …«

Der plattnasige Gawrilin, Liebhaber aller Künste, hatte die Angewohnheit, in Zeitschriften herumzustöbern. Eines Tages stieß er in der Bibliothek in einer amerikanischen kunstwissenschaftlichen Zeitschrift auf einen Artikel über Robert Viktorowitsch. Die kurze biographische Notiz über den Maler endete mit der etwas übertriebenen Auskunft über seinen Tod im stalinschen Lager Ende der dreißiger Jahre. Der analytische Teil des Artikels war in einer für den Dichter zu komplizierten Sprache geschrieben, er verstand nicht alles, aber aus dem, was er übersetzen konnte, ging hervor, daß Robert Viktorowitsch beinahe ein Klassiker, zumindest aber ein Pionier einer zur Zeit in Europa mächtig aufblühenden Kunstrichtung sei. Dem Artikel waren vier farbige Reproduktionen beigefügt.

Am nächsten Tag ging Robert Viktorowitsch in Begleitung seines Freundes, des Barbizoniers, in die Bibliothek des Moskauer Künstlerverbandes, fand den Artikel und geriet in unbeschreiblichen Zorn darüber, daß eines der vier Bilder im Anhang nicht das geringste mit ihm zu tun hatte, weil es von Morandi stammte, und ein zweites verkehrt herum abgedruckt war. Doch als er den Artikel gelesen hatte, wurde er noch wütender.

»Amerika kam mir schon in den zwanziger Jahren vor wie ein Land hoffnungsloser Dummköpfe. Offenbar ist es nicht klüger geworden«, zischte er.

Gawrilin dagegen trompetete über den Artikel in der ganzen Gegend herum, und plötzlich erinnerten sich selbst forsche, karrierebewußte Bühnenbildner an den alten Künstler und eilten herbei, um die Bekanntschaft mit ihm zu erneuern.

Eine unerwartete Folge dieses Wirbels war, daß Robert Viktorowitsch in den Künstlerverband aufgenommen wurde und ein Atelier bekam. Ein schönes Atelier mit Fenstern zum »Dynamo«-Stadion, nicht schlechter als sein letztes Atelier in Paris, eine Mansarde auf der Rue Gay-Lussac mit Blick auf den Jardin du Luxembourg.

Sonetschka war bereits an die vierzig. Sie war ergraut und sehr dick geworden. Der leichte und wie eine Heuschrecke ausgedörrte Robert Viktorowitsch veränderte sich wenig, und allmählich glich sich ihr Altersunterschied aus. Tanja schämte sich ein bißchen ihrer alten Eltern, genauso wie ihrer eigenen Körpergröße, ihrer großen Füße und Brüste. Alles an ihr war unverhältnismäßig groß, unangemessen für das Jahrzehnt, das noch keine Akzeleraten hervorgebracht hatte. Doch im Unterschied zu Sonja hatte sie keinen spöttischen älteren Bruder an ihrer Seite, sondern von überall blickten ihre wundervollen Porträts aus jeder Kindheitsphase auf sie herab. Diese Porträts milderten ihre Unzufriedenheit mit sich. Seit der siebten Klasse erhielt sie von halbwüchsigen Mitschülern und älteren Jungen überzeugende Beweise für ihre Anziehungskraft.

Von früher Kindheit an waren Tanjas Wünsche leicht zu befriedigen. Die liebenden Eltern gaben sich in dieser Hinsicht alle erdenkliche Mühe und eilten ihren Wünschen gewöhnlich voraus. Fische, ein Hund und ein Klavier tauchten fast am selben Tag auf, an dem das Mädchen zum erstenmal davon sprach.

Seit ihrer Geburt umgab sie wunderbares Spielzeug, und das Spielen, allein, ohne Mitspieler, war ihr hauptsächlicher Lebensinhalt. So kam es auch, daß sie, aus den Zerstreuungen ihrer langen Kindheit herausgewachsen, rund zwei Jahre verschlief, während sie sich in einem gewissen Übergangsalter befand, und dann, als sie sehr früh herausgefunden hatte, welches Spiel die Erwachsenen am liebsten spielten, sich diesem hingab, im vollen Bewußtsein ihres Rechts auf Vergnügen und mit der Freiheit der durch nichts unterdrückten Persönlichkeit.

Nichts auch nur annähernd Vergleichbares mit Sonetschkas erniedrigender Liebe zu Vitka Starostin passierte Tanja. Obwohl sie nach den üblichen Maßstäben keine Schönheit war und auch nicht im landläufigen Sinne hübsch, waren ihr langes Gesicht mit der schmalen Nase, umrahmt von widerspenstigen Locken, und die schmalen, glashellen Augen doch äußerst anziehend. Ihre Altersgenossen reizte es außerdem, daß Tanja ständig spielte: mit einem Buch, einem Bleistift oder mit ihrer Mütze. Ihre Hände gaben ständig eine kleine, nur für den nächsten Nachbarn sichtbare Vorstellung.

Einmal, beim Spiel mit den Händen und Lippen ihres Freundes Boriska, von dem sie die Mathematikhausaufgaben abschreiben wollte, bemerkte sie einen bestimmten Gegenstand, den sie nicht besaß und der sie außerordentlich reizte. Die Tür zum Zimmer von Boriskas Eltern stand an diesem Abend ein Stück offen, und der helle breite Streifen mit den dicken Schatten vor dem Fernseher gehörte irgendwie zu den Spielregeln, die sie wunderbar einhielten, indem sie sich gegenseitig Stichworte gaben, die absolut nichts mit dem zu tun hatten, was vorging. Und die Vorstellung, die mit einem unschuldigen kindlichen Austausch von Fragen begonnen hatte wie: »Hast du's nie probiert?« – »Und du?« – worauf Tanetschka, die nichts abschlagen konnte, sagte: »Komm, wir probieren es!« –, endete mit einer kurzen Einführung – im direkten wie übertragenen Sinne – in den neuen Gegenstand.

Im heißesten Moment kam aus dem Nebenzimmer die ungelegene Einladung zum Abendbrot, und weitere Proben wurden auf einen günstigeren Zeitpunkt verschoben.

Die nächsten Begegnungen fanden in Abwesenheit der Eltern statt. Am interessantesten war für Tanja das neue Gefühl für ihren Körper: Es schien, als sei jeder Teil – Brust, Finger, Rücken – unterschiedlich empfänglich für Berührungen und in der Lage, alle möglichen wunderbaren Empfindungen zu bescheren, und die gegenseitige Erforschung bereitete beiden eine Menge Genuß.

Der schmächtige, sommersprossige Junge mit den hervorstehenden großen Zähnen und den entzündeten Mundwinkeln offenbarte ebenfalls ein erstaunliches Talent, und im Verlauf von zwei Monaten hatten die jungen Experimentatoren, die von drei bis halb sieben unermüdlich am Werke waren, nämlich bis Boriskas Eltern nach Hause kamen, die gesamte mechanische

Seite der Liebe begriffen, ohne dabei etwas zu empfinden, das über den Rahmen von Freundschaft und sachlicher Partnerschaft hinausging.

Dann gerieten sie in einen, wie es so schön heißt, Produktionskonflikt: Tanja hatte sich Boriskas Geometrieheft geborgt und es verloren. Sie teilte ihm das in äußerst lässiger Form mit und entschuldigte sich nicht einmal. Boriska, sehr ordentlich, sogar pedantisch, regte sich furchtbar auf – nicht so sehr über den Verlust des Heftes als darüber, daß Tanja das Unziemliche ihres Verhaltens überhaupt nicht begriff. Tanja nannte ihn einen Langweiler, er sie eine Schlampe. Sie zankten sich.

In der freigewordenen Zeit von drei bis halb sieben widmete sich Boriska nun intensiv der Mathematik und entschied endgültig, daß seine Berufung auf dem Gebiet der exakten Wissenschaften lag, und Tanja, die sich nicht im geringsten um ihr weiteres Leben scherte, saß in ihrem Dachstübchen, entlockte einer Flöte schlechte hölzerne Töne, kaute Fingernägel und las – ach, arme Sonetschka, die ihre lichte Jugend mit erhabener Weltliteratur verbracht hatte – Science-fiction, nichts als Science-fiction-Romane, übersetzte wie einheimische, las ihre von jeglicher Bildung unbeleckte Tochter.

Indessen folgten ganze Heerscharen von Bewunderern den unsicheren Tönen von Tanjas

Flöte. Selbst die Luft, die Tanja umgab, glühte; ihre elektrisierten Locken standen zu Berge und sprühten Funken, sobald man nur die Hand danach ausstreckte. Sonetschka konnte gar nicht schnell genug die Tür öffnen und wieder schließen für die Jünglinge in zoologischen Pullovern mit eckigen Hirschen oder in grauen Hemden und Militärjacken, der anachronistischen Schulkleidung der Endfünfziger, erdacht von einem uralten Volksbildungsminister in einem Anfall nostalgischer Geistesschwäche.

Wladimir A., ein hervorragender Musiker, der auf skandalöse Weise in Europa blieb, als ein solcher Schritt diesseits der Grenze noch als politisches Verbrechen betrachtet wurde, wird in seinen Erinnerungen, die Ende der neunziger Jahre erscheinen und sein außerordentliches literarisches Talent offenbaren werden, die musikalischen Abende in Tanjas Dachstübchen beschreiben, ihr Klavier mit den straffen Saiten und dem wundervollen Klang, das täglich neu gestimmt werden mußte. Zärtlich erinnert er sich an das Instrument, das dem werdenden Musiker das Geheimnis der Individualität der Dinge offenbarte. Er spricht von ihm, wie man vielleicht von einer alten, längst gestorbenen Verwandten spricht, die dem Autor in der Kindheit unvergeßlichen Kirschkuchen vorgesetzt hat.

Wladimir A.s Bekenntnis zufolge empfand

er hier in Tanjas Dachstübchen mit dem verschnörkelten Fenster zum Garten, in dem ein alter Apfelbaum mit gespaltenem Stamm stand, während er Tanjas schwache Flöte begleitete, zum erstenmal das Erregende schöpferischen Einvernehmens und ließ sich freudig auf eine musikalische Selbstverleugnung ein, um der schüchternen Flöte mehr Bedeutung einzuräumen.

Wladimir A., damals ein kleiner, dicklicher Junge, der aussah wie ein Tapir, war in Tanja verliebt. Sie hinterließ eine tiefe Spur in seinem Leben und seinem Herzen, und seine beiden Frauen, die erste in Moskau und die zweite in London, waren zweifellos der gleiche Frauentyp wie Tanja.

Zweiter musikalischer Gesprächspartner wurde Aljoscha Piterski – unter diesem Spitznamen war er in Moskau bekannt. Wladimirs klassischer Bildung setzte er die Ungebundenheit der Gitarre entgegen und die absolute Beherrschung aller Gegenstände, die Töne hervorzubringen vermochten, ob Mundharmonika oder zwei Kon servenbüchsen. Zudem war er auch noch Dichter und sang mit hoher Harlekinstimme die ersten Lieder der neuen Untergrundkultur.

Es kamen noch weitere Jungen, eher nur Anwesende als Teilnehmer, aber auch sie waren unverzichtbar, weil sie das begeisterte Publikum abgaben, das die beiden künftigen Berühmtheiten brauchten.

In jungen Jahren war Robert Viktorowitsch ebenfalls ein Zentrum von Wirbeln unsichtbarer Ströme gewesen, aber das waren Ströme anderer, intellektueller Art. Wie Tanjas Flöte zogen auch sie junge Leute an. Es ist bemerkenswert, daß dieser Zirkel früh erwachsen gewordener jüdischer Jungen, Teenager, wie man heute sagen würde, in den konfliktgeladenen Vorkriegsjahren sich nicht mit dem damals in Mode gekommenen Marxismus beschäftigte, sondern mit dem »Sefer ha-Zohar«, dem »Buch des Glanzes«, dem Haupttraktat der Kabbala. Die Jungen aus Podol, der jüdischen Vorstadt von Kiew, versammelten sich im Haus des Müllers Avidgor, des Vaters von Robert Viktorowitsch, und dieses Haus stand Wand an Wand zum Nachbarhaus, das Schwarzman gehörte, dem Vater von Lew Schestow, mit dem Robert Viktorowitsch viele Jahre später in Paris eng befreundet war.

Nicht einer der Jungen, denen es beschieden war, die Revolutions- und Kriegsjahre zu überleben, wurde traditioneller jüdischer Philosoph oder Glaubenslehrer. Sie alle wuchsen zu »Epikejres«, heran, Epikureern also, was in diesem Zusammenhang »Freidenker« meinte. Einer von ihnen wurde ein glänzender Theoretiker und minder erfolgreicher Praktiker der entstehenden

Kinematographie, ein anderer ein berühmter Musiker, ein dritter ein Chirurg mit begnadeten Händen; sie alle waren mit derselben Milch genährt worden, jener jungen Elektrizität, die sich unterm Dach des Müllers Avidgor sammelte.

Was um Tanja herum vorging, mutmaßte Robert Viktorowitsch, war das gleiche, womit seine Jugend angefüllt gewesen war, nur im Zeichen einer anderen Kraft – der Weiblichkeit, die er so verabscheute –, zudem zugeschnitten auf eine verarmte, entartete Generation ...

Robert Viktorowitsch bemerkte als erster, daß Tanjas späte Besucher manchmal erst am nächsten Morgen wieder gingen. Er hatte fürs ganze Leben die Gewohnheit beibehalten, zeitig aufzuwachen, und als er um sechs Uhr früh aus dem Wohnteil des Hauses in sein Verandaatelier ging, wo er diese ersten, für sein Gefühl reinsten Stunden mit Vorliebe verbrachte, sah er eines Morgens im gerade gefallenen Schnee frische Fußspuren, die von der Treppe zum Gartenzaun führten. Ein paar Tage später bemerkte er sie wieder und fragte seine Frau vorsichtig, ob ihre Schwester bei ihnen übernachtet habe. Sonetschka war verwundert – nein, Anja hat nicht hier übernachtet.

Robert Viktorowitsch stellte keine weiteren Nachforschungen an, da er am nächsten Morgen einen großen Jüngling in einem dünnen Jäckchen durch den Garten laufen sah. Sonetschka sagte er von seiner Entdeckung kein

Wort. Sie legte ihren nächtlich schweren Kopf auf seine Schulter und klagte:

»Sie lernt nicht ... Sie tut nichts ... In der Schule schimpfen sie ... Machen häßliche Andeutungen, diese, ihre ... Raissa Semjonowna ...«

Robert Viktorowitsch tröstete sie:

»Laß nur, Sonja, laß nur. Das ist alles tot und stinkt ekelhaft. Soll sie doch diese scheußliche Schule aufgeben. Wer braucht die schon ...«

»Nicht doch! Nicht doch!« rief Sonetschka erschrocken. »Bildung muß sein.«

»Nun beruhige dich mal«, unterbrach ihr Mann sie. »Laß das Mädchen in Ruhe. Wenn sie nicht will, dann laß sie. Soll sie Flöte spielen, davon hat sie genausoviel ...«

»Robert, aber diese Jungen. Das beunruhigt mich.« Sonetschka wagte einen schüchternen Vorstoß. »Ich glaube, einer hat die ganze Nacht bei ihr gesessen, und sie ist nicht in die Schule gegangen.«

Robert Viktorowitsch weihte Sonja nicht in seine morgendlichen Beobachtungen ein, er schwieg.

Seit Tanja Boriska den Laufpaß gegeben hatte, begann die reinste Hundehochzeit. Von Steroiden überquellende Jünglinge umschwirrten sie hartnäckig und unentwegt. Mit einigen Bewerbern probierte sie den neuen Zeitvertreib aus. Der Vergleich fiel in jeder Hinsicht zugunsten von Boriska aus.

Im Frühjahr war klar, daß sie nicht in die neunte Klasse versetzt würde. Die Quälerei in der Schule war gänzlich unerträglich geworden, und Robert Viktorowitsch brachte, ohne Sonja ein Wort davon zu sagen, Tanjas Papiere in die Abendschule, was schwerwiegende Folgen für die ganze Familie haben sollte, in erster Linie für ihn selbst.

Die mächtige Laune des Schicksals, die einst Sonetschka zu Robert Viktorowitschs Frau bestimmt hatte, traf auch Tanja. Gegenstand ihrer leidenschaftlichen Liebe war die Putzfrau der Schule und zugleich ihre Klassenkameradin, die achtzehnjährige Jasja, eine kleine Polin mit einem Gesicht, glatt wie ein frisch gelegtes Ei. Ihre Freundschaft entstand langsam, ganz verhalten in der vorletzten Bankreihe. Die große, unbändige Tanja blickte verzückt auf Jasja, die durchsichtig war wie ein ausgespültes Reagenzglas, und litt unter ihrer Schüchternheit. Jasja war schweigsam, antwortete einsilbig auf Tanjas seltene Fragen und sah zurückhaltend und hochmütig aus. Sie war die Tochter polnischer Kommunisten, die vor dem faschistischen Überfall geflohen waren – unter dem Zwang der Umstände in verschiedene Richtungen: der Vater in den Westen, die Mutter mit dem Säugling gen Osten, nach Rußland. Es gelang ihr nicht, im Millionenland unterzutauchen, und sie wurde menschenfreundlich nach Kasachstan verbannt, wo sie nach zehn Jahren bitterer Not starb, ohne ihre hohen Ideale eingebüßt zu haben.

Jasja kam ins Kinderheim, offenbarte einen außerordentlichen Hang zum Leben und überlebte unter Bedingungen, die eigens geschaffen schienen zum langsamen Absterben von Körper und Seele. Aus dem Heim entkam sie dank ihrer Fähigkeit, die jeweiligen Umstände maximal zu nutzen.

Die stark gewölbten Brauen über den grauen Augen und der zarte Katzenmund schienen um Schutz zu bitten, und der fand sich auch immer. Zu ihren Beschützern gehörten Männer wie Frauen, aber kraft ihrer natürlichen Unabhängigkeit bevorzugte sie Männer, nachdem sie schon sehr früh herausgefunden hatte, wie sie wohlfeil zu entlohnen waren.

Einer ihrer letzten Beschützer, aufgetaucht nach ihrer Aufnahme in eine gräßliche Handwerksschule für Kinderheimzöglinge und der durchdachten Flucht von dort, war der dicke vierzigjährige Tatare Rawil, ein Zugschaffner, der sie bis zum Kasaner Bahnhof in Moskau brachte, von wo sie ihren Aufstieg zu beginnen gedachte. Im Seitenfach ihrer karierten Einkaufstasche lagen ein kürzlich auf ihren Namen ausgestellter Ausweis, den sie aus dem Büro des Direktors entwendet hatte, und dreiundzwanzig alte Rubel, die sie dem schlafenden Rawil aus der Tasche gezogen hatte, als sie sich Orenburg näherten. Das gestohlene Geld brannte ihr aus zwei Gründen nicht in den Händen: Sie hatte nur ganz wenig aus einem dicken Packen genommen, und außerdem fand sie, sie habe sich das Geld während der viertägigen Fahrt redlich verdient.

Rawil bemerkte den Diebstahl nicht und war sehr enttäuscht, als das Mädchen am nächsten Tag nicht zum Wagen sieben kam, um wie versprochen mit ihm nach Kasachstan zurückzufahren.

Lächelnd, voller leiser Nachsicht mit sich selbst, einem vor kurzem noch naiven Dummchen, erzählte Jasja Tanja, wie sie sich auf der öffentlichen Toilette des Kasaner Bahnhofs vor den Augen der verblüfften Asiatinnen, die sich an diesem übelriechenden Ort drängten, splitterfasernackt auszog, sich mit einem nassen grauen Eisenbahnhandtuch von Kopf bis Fuß abrieb, eine schon lange zu diesem Zweck bereitgehaltene weiße Bluse mit Rüschen am Kragen aus der karierten Tasche nahm, sich umzog, das Handtuch in den rostigen Abfallkorb warf und loszog, Moskau zu erobern, und zwar vom erstbesten Ort aus, also vom berühmten Platz der drei Bahnhöfe.

In der karierten Tasche lagen zwei Schlüpfer, eine schmutzige blaue Bluse, ein Heft mit eigenhändig abgeschriebenen Gedichten und ein Packen Postkarten mit berühmten Schauspielern. Sie war zäh, schlau und tatsächlich unglaublich naiv: Sie wollte Filmschauspielerin werden.

Alles deutete darauf hin, daß Jasja eine professionelle Prostituierte werden würde, aber das passierte nicht.

In den zwei Jahren in Moskau erzielte sie bedeutende Erfolge: Sie hatte eine zeitweilige Aufenthaltsgenehmigung und eine zeitweilige Bleibe in einer Abstellkammer der Schule, in der sie als Putzfrau arbeitete. Dort besuchte sie von Zeit zu Zeit der Abschnittsbevollmächtigte Malinin, ein alter, rotgesichtiger Wohltäter, durch den sie zu all diesen zeitweiligen Schicksalsgaben gekommen war. Malinins Besuche waren kurz, für Jasja nicht weiter beschwerlich und nicht sonderlich reizvoll für Malinin; aber er war ein besessener Erpresser und Schmiergeldkassierer, und da es bei Jasja absolut nichts zu holen gab, mußte er nehmen, was er kriegen konnte.

In dieser Kammer, auf einer Turnmatte, die ohne weiteres das Bett ersetzte, erzählte Jasja Tanja ihre Geschichte. Tanja nahm sich alles sehr zu Herzen und wurde von einem äußerst komplizierten Gefühl erfaßt, einer Mischung aus Mitleid, Neid und Scham für ihr eigenes hoffnungsloses Wohlleben. Nachdem Jasja ausführlich, genau und trocken alles erzählt hatte, woran sie sich erinnerte, sah sie plötzlich alles Erlebte von außen und verspürte einen so heftigen und endgültigen Haß darauf, daß sie nie mehr jemandem diese Wahrheit erzählte. Sie legte sich eine neue Vergangenheit zu – mit einer aristokratischen Großmutter, einem Gut in Polen und französischen Verwandten, die eines Tages zu gegebener Stunde wie der Geist aus der Flasche in ihrem Leben auftauchen würden.

Außer Jasjas Kammer gab es in der Schule noch einen weiteren Wohnraum, in dem die Lehrerin für russische Sprache und Literatur lebte, die Kriegswitwe Taisja Sergejewna. Malinins Besuche mißbilligte sie heftig, aber das hinderte sie nicht, Jasja diverse Reinigungsarbeiten oder die Aufsicht über ihre kleinen Kinder zu übertragen. Für diese Nachbarschaftsdienste durfte Jasja den Bücherschrank der Lehrerin benutzen und wurde vom Literaturunterricht freigestellt. Taisja Sergejewna ließ Jasja in dieser Zeit lieber Kinder hüten.

Wenn Jasja ihren Arbeitstag hinter sich hatte, legte sie sich auf die nach Schweiß riechende Matte und lernte Krylows Fabeln auswendig, die zu allen Zeiten für die Aufnahmeprüfung an jeder Schauspielschule unabdingbar waren. Oder sie las Shakespeare, vom ersten bis zum letzten Band, und sprach mit tragischem Flüsterton alle weiblichen Rollen – von Prosperos

Tochter Miranda bis zu Perikles' Tochter Marina.

Die Lehrer der Abendschule, bereits erschöpft vom Vormittag, an dem sie die Kleinen unterrichteten, die Tagesbrüder ihrer Abendschüler, belästigten diese im Unterricht nicht allzusehr. Zudem bestand die Hälfte der Klasse aus Bewohnern des Milizwohnheims ganz in der Nähe; die müden jungen Männer schlummerten friedlich in der halbdunklen Klasse, bekamen ihre Dreien und setzten erfolgreich ihre Ausbildung fort, manche als Juristen, andere auf Parteiebene ... Jasja paßte als einzige in die Schulbank, die anderen zwängten sich mühselig in die eigens zum Quälen kleiner Kinder erfundenen Folterbänke.

Die ruppige, poltrige Tanja bewegte sich lärmend, mit der wilden Unbändigkeit eines Fohlens. Wenn sie sich setzte, stieß sie so sehr an die Bank, daß Jasjas leichter Kopf hüpfte. Wenn Jasja aufstand, schlug sie lautlos den Deckel hoch und bewegte sanft und geschmeidig ihre Hüften. Sie ging durch den schmalen Gang zur Tafel, ihr Unterkörper schien ein wenig hinter dem Oberkörper zurückzubleiben, sie zog das jeweils hintere Bein leicht nach, verharrte kurz auf Zehenspitzen und bewegte die Knie, als stießen sie nicht gegen den verschlissenen Rock, sondern gegen den schweren Stoff eines langen Abendkleides. Auch im Kreuz bog sie sich auf ganz besondere Weise, jeder Körperteil vollführte seine eigenen Bewegungen, und alle zusammen – ein kleines Spiel mit der Brust, die wiegenden Hüften, ein besonderes Federn der Füße –, das alles zusammen war nicht einstudierte Koketterie, sondern die Musik eines weiblichen Körpers, der Aufmerksamkeit und Bewunderung heischte. Der nicht mehr junge, dreißigjährige Milizionär Tschurilin mit dem großflächigen Gesicht voller schwarzer Kriegsnarben schüttelte den Kopf und murmelte:

»So was, hmmm …«

Es war nicht ganz klar, was er damit ausdrücken wollte – Abscheu oder Begeisterung. Im übrigen benahm sich Jasja so unabhängig, daß die Milizionäre nie über tschurilinsches Muhen hinausgingen.

Auf dem Nachhauseweg probierte Tanja im dunklen Park immer wieder, zu gehen wie Jasja, deren Musik mit ihren Knien, Hüften und Schultern zu spielen – sie reckte den Hals, zog das Bein nach und schaukelte mit den Hüften. Sie glaubte, ihre Größe hindere sie daran, ebenso anziehend und zerbrechlich zu wirken wie Jasja, und versuchte es mit gekrümmtem Rücken. Sie hat etwas Elfenhaftes an sich, dachte Tanja. Der ballettartigen Gangübungen müde, eilte sie nach Hause – sie schleuderte die ellenlangen Beine, schwenkte ungleichmäßig mal den rechten, mal den linken Arm und warf den Kopf zurück, weil ihr die mit Abendnebel vollgesogenen Haare ins Gesicht fielen. Robert Viktorowitsch, der ihr abends im Park oft entgegenging, erkannte von weitem ihren Gang und ihren ganzen Charakter, der sich in den unkoordinierten Bewegungen ausdrückte, und lächelte über die Kraft und Ungereimtheit seiner ihn um einen halben Kopf überragenden Tochter.

Sie beide liebten den abendlichen Park, schätzten die schweigende Übereinstimmung, die heimliche Bestätigung ihrer unausgesprochenen Verschwörung gegen Sonetschka. Beide, Robert Viktorowitsch aus angeborenem Hochmut, Tanja kraft ihrer Jugend und ihrer Erbmasse, nahmen für sich einen gut Teil erlesenen Intellektualismus in Anspruch und überließen Sonetschka die niederen Dinge wie Tisch und Kochtopf.

Doch Sonetschka kam es gar nicht in den Sinn, ihr Los zu bedauern und auf den Erhabenen eifersüchtig zu sein: Sie wusch Teller und Töpfe blitzblank, kochte mit leidenschaftlichem Eifer nach Rezepten, die sie mit lila Tinte aus einem Buch von Jelena Molochowez bei ihrer Schwester abgeschrieben hatte, kochte kesselweise Wäsche, bleichte und stärkte sie, und Robert Viktorowitsch stand manchmal hinter ihr und betrachtete aufmerksam Grütze, Wäsche, zerschnitzelte Kernseife oder Bohnen und bemerkte mit dem ihm eigenen Scharfsinn die überzeugende Ästhetik, hohe Sinnerfüllung und Schönheit in Sonetschkas häuslichem Wirken. Weise, weise ist die Welt der Ameise, dachte er flüchtig und schloß hinter sich die Tür zur Veranda, wo er seine rauhen Papiere hatte, das Bleiweiß und das wenige, das er sonst noch für seine strengen Übungen zuließ.

Tanja interessierte sich nicht für das Küchenleben ihrer Mutter: Sie existierte nun im Nebel der Verliebtheit. Wenn sie am Morgen erwachte, lag sie lange mit geschlossenen Augen da und stellte sich Jasja vor, sich und Jasja in reizvollen, erfundenen Situationen: Mal ritten sie auf weißen Pferden über eine junge Wiese, mal kreuzten sie mit einer Jacht auf dem Mittelmeer.

Ihr freier, ja unverfrorener Umgang mit dem heiligen Instrumentarium der Natur endete für sie damit, daß ihre Instinkte sich ein wenig verirrten, und während sie mit schlanken Burschen fröhliches körperliches Vergnügen teilte, sehnte ihre Seele sich nach erhabenem Austausch, nach Vereinigung, Verschmelzen und Gegenseitigkeit ohne Grenzen und Ufer. Ihre Seele hatte Jasja auserwählt, und mit aller Kraft ihres Verstandes versuchte sie diese Wahl zu begründen, eine rationale Erklärung dafür zu finden.

»Ach, Mama, sie wirkt so schwach, so federleicht, aber sie ist ungeheuer stark!« rief Tanja begeistert, als sie ihrer Mutter von der neuen Freundin, vom schrecklichen Kinderheim, von

Ausbrüchen, Schlägen und Siegen erzählte. Jasja hatte aus natürlicher Vorsicht bei ihren Erzählungen Tanja gegenüber einiges ausgelassen: die Verbannung der Mutter, den billigen kindlichen Handel mit ihrem Körper und ihren eingefleischten Hang zu kleinen Diebereien.

Doch das Erzählte genügte Sonetschka, um Mitgefühl für das kindliche Leid zu empfinden und zu erraten, was Tanja verborgen geblieben war. Das arme, arme Mädchen, dachte Sonja. Das hätte unserer Tanetschka auch passieren können, bei allem, was war …

Sie dachte an die vielen Fälle, da Gott sie vor einem frühen Tod bewahrt hatte: als Robert im Vorortzug von Alexandrow aus dem Wagen geworfen worden war; als in dem Raum, wo sie arbeitete, ein Balken herabstürzte und das halbe Zimmer, das sie eine Minute zuvor verlassen hatte, mit uralten schwarzen Ziegeln übersät war; und als sie nach einer eitrigen Blinddarmentzündung beinah auf dem Operationstisch gestorben wäre. Das arme Mädchen, seufzte Sonetschka, und das unbekannte Mädchen nahm Tanjas Züge an …

Bis Silvester schlug Jasja Tanjas Einladungen nach Hause immer wieder aus. Sie lehnte mit einem Achselzucken ab, ohne ihre hartnäckige Weigerung zu erklären.

Die Sache war die, daß Jasja schon lange eine

starke und unklare Vorahnung hatte, was das neue und vielversprechende Territorium anging, weshalb sie sich heimlich und gründlich, wie ein Feldherr auf die entscheidende Schlacht, auf diesen Besuch vorbereitete, an den sie die unbestimmtesten Hoffnungen knüpfte.

Im Geschäft »Stoffe« am Nikita-Tor kaufte sie ein Stück Taft, kühl auf der Haut, heiß fürs Auge, in einer Farbe, die irgendwie verbrüht aussah, und nähte spätabends mit kleinen Stichen, per Hand, ein festliches Kleid – still und einsam wie im Gebet und konzentriert wie eine schwangere Frau, die ein bißchen Angst hat, mit dem vorzeitigen Nähen von Kleidern für das Ungeborene sein Zurweltkommen zu verderben.

Sie kam am einunddreißigsten Dezember nach elf. Am gedeckten Tisch saßen bereits der Barbizonier, der Dichter und obendrein noch ein Regisseur mit Vogelnase und Froschmund. Sie hatte ihre bedeutenden Gesichter noch gar nicht recht betrachtet, jubelte aber innerlich bereits, denn sie wußte, daß sie mitten ins Schwarze der vorausgeahnten Zielscheibe getroffen hatte. Genau sie, diese erwachsenen, selbständigen Männer, brauchte sie für den Anlauf, für den Aufstieg, für ihren vollkommenen und endgültigen Sieg.

Mit einem zärtlichen und dankbaren Blick bedachte sie Tanja, die ihr mit geschminkten

Wangen glücklich und rosig entgegenstrahlte. Tanja war sich bis zur letzten Minute nicht sicher gewesen, ob Jasja kommen würde, und jetzt war sie stolz auf Jasjas Schönheit, als hätte sie selbst sie erdacht und gemalt.

Jasjas Kleid raschelte laut und seidig, ihr schweres blondes Haar schien aus einem Guß, gleichsam aus hellem Pech gegossen, und lag auf ihren Schultern wie abgehackt, genau wie bei Marina Vlady in dem in jenen Jahren berühmten Film »Die blonde Hexe«. Das Kleid war tief ausgeschnitten, und ihre winzigen Gemsenbrüste, eng aneinandergepreßt, bildeten einen sanften Pfad abwärts; die ohnehin schmale Taille war betont wie ein Kelch zusammengeschnürt, die Fesseln unter den festen Waden waren schmal, und die Handgelenke wirkten wegen der leichten Molligkeit der Oberarme besonders zierlich. Ja, nicht von der Grobheit einer Gitarre, sondern von der gläsernen Anmut eines Kelches, bemerkte Robert Viktorowitsch flüchtig.

Ein bißchen enttäuscht war Sonetschka. Schon im voraus voller Mitgefühl für das Schicksal des armen Mädchens, hatte sie nicht erwartet, anstelle eines schmuddeligen Aschenputtels eine gutgekleidete Schönheit mit geschminkten Augen und dem ganzen Liebreiz der blonden Slawin zu erblicken.

Auf Fragen antwortete Jasja einsilbig, die

Augen hielt sie gesenkt, bis sie die tuscheschweren Lider hob, um sich im demütig-königlichen Tonfall ihrer verstorbenen Mutter die Worte zu entringen, ja, zu entringen: »Danke, nein, ich danke Ihnen, ja ...« In ihren knappen Antworten konnte das geübte Ohr den polnischen Akzent heraushören, das Verschmelzen von »w« und »l«.

Sonetschka legte Jasja voller Rührung Essen auf den Teller. Jasja seufzte, lehnte ab, aß dann aber sowohl die Entenkeule als auch ein Stück Sülze und den Krabbensalat.

»Ich kann schon nicht mehr, danke schön«, sagte Jasja jedesmal beinah klagend, und Sonetschka konnte das Mitgefühl nicht aus ihrem Herzen verdrängen – eine Waise, das arme Mädchen, Kinderheim ... Mein Gott, wie ist so etwas möglich ...

Der Barbizonier Alexander Iwanowitsch sang bereits mit dunkler Küsterstimme italienische Opernarien, der betrunkene Gawrilin führte wahnsinnig komisch vor, wie ein Hund nach einem Floh sucht. Die Augen verdreht, knurrte er mal böse, mal wohlig, steckte den Kopf unter die Achsel und brachte alle zum Lachen, bis sie nicht mehr konnten. Robert Viktorowitsch lächelte, und das zwiefache Metall seiner Augen und der frisch eingesetzten Zähne blinkte.

Nach zwei kam Aljoschka Piterski, Tanjas glühender Verehrer, mit seinem künftigen Ruhm, den er bereits anprobierte, und einem Säckchen voll grauem Gras – er war einer der ersten Liebhaber des asiatischen Rauschs an den Ufern der Newa. Aljoschka packte, ohne sich zu zieren, seine Gitarre aus und sang ein paar traurig-geistreiche und lustige Lieder, wobei er schreckliche Grimassen schnitt und seinen Harlekinmund breit auseinanderzog.

Aljoschka war verliebt in Tanja, Tanja in Jasja, und Jasja verliebte sich an diesem Abend in Tanjas Zuhause. Gegen Morgen, nachdem die Gäste gegangen waren und die Mädchen beim Tischabräumen geholfen hatten, ließ Sonja Jasja in dem leerstehenden Eckzimmer übernachten, wo Robert Viktorowitsch sie am nächsten Tag vorfand, als er auf der Suche nach einer Rolle grauen Papiers war.

Im Haus war es still. Sonja war, nachdem sie aufgeräumt hatte, zu ihrer Schwester gefahren, Tanja schlief in ihrem Dachstübchen, und Jasja, vom Türquietschen aufgewacht, öffnete die Augen und beobachtete lange, wie Robert Viktorowitsch leise fluchend hinter dem Schrank herumkramte. Sie betrachtete seinen Rücken und überlegte lange, welchem amerikanischen Schauspieler er ähnelte. Sie hatte genauso ein Gesicht, genauso einen silbergrauen Igelkopf schon einmal gesehen, in der polnischen Zeitschrift »Przegląd artystyczny«, die sie immer von vorn bis hinten las. Sie konnte sich beim besten Willen nicht an den Namen des Schauspielers erinnern, aber ihr schien, der Amerikaner habe sogar genauso ein großkariertes Hemd angehabt.

Sie setzte sich auf. Das Bett quietschte. Robert Viktorowitsch drehte sich um. Aus einem riesigen Nachthemd von Sonja sah ein kleiner blonder Kopf auf kurzem Hals heraus. Das Mädchen leckte sich die Lippen, lächelte, packte das Nachthemd an den Ärmeln, und es rutschte leicht über den Halsausschnitt hinunter. Mit dem Fuß warf sie die Decke zu Boden, richtete sich zu voller Größe auf, und das riesige Nachthemd glitt ungehindert ab. Sie lief mit ihren kindlichen kleinen Füßen über den kalten gestrichenen Fußboden zu Robert Viktorowitsch, nahm ihm die Papierrolle aus der Hand, die er endlich gefunden hatte, ersetzte sie gleichsam durch sich selbst und lag plötzlich in seinen Armen.

»Einmal, aber schnell«, sagte die geschäftige Fee ohne jede Koketterie, wie sie gewöhnlich mit ihrem Wohltäter, dem Milizionär Malinin, sprach. Aber da wußte sie wenigstens, warum sie es tat, hier aber – weder Eigennutz noch Berechnung. Sie wußte selbst nicht, warum. Aus Dankbarkeit gegenüber dem Haus … Und außerdem – er sah diesem Schauspieler so verdammt ähnlich, dem berühmten Amerikaner. Peter O'Toole oder so …

Daß ein Mann den ihm angebotenen Liebesdienst, ein Zeichen der Dankbarkeit und Aufmerksamkeit, ausschlagen konnte, ahnte sie einfach nicht. Klein, wie aus wärmstem, weißestem Holz geschnitzt, reckte sie ihm ihr feierliches Gesicht entgegen.

Er wich ein Stück zurück zum Schrank, sagte streng: »Ab unter die Decke, du wirst dich erkälten!« und verschwand aus dem Zimmer, wobei er die Papierrolle ganz vergaß. Noch nie hatte er einen so mondgleichen, metallisch glänzenden Körper gesehen.

Jasja deckte sich mit der noch nicht ausgekühlten Decke zu und war binnen einer Minute wieder eingeschlafen. Sie schlief süß und war sich auch im Traum der Süße dieses häuslichen Schlafs in einem behaglichen Zuhause bewußt, und Sonjas Nachthemd, das sie nicht wieder angezogen hatte, lag unter ihrer Wange und duftete paradiesisch.

Robert Viktorowitsch lief wie angestochen im Nebenzimmer auf und ab, fröstelte und schüttelte den Kopf. Die Morgendämmerung des gerade anbrechenden Jahres blickte zum Fenster herein; Sonja blieb noch immer aus, und Tanja kam nicht die knarrende Treppe herunter. Er öffnete vorsichtig die Tür zum Eckzimmer und ging leise zum Bett. Das Mädchen war fast bis obenhin zugedeckt, nur der blonde Hinterkopf lag draußen. Er steckte seine trockenen Hände unter den warmen Deckenhügel. Die Einmischung seiner Hände in Jasjas Traum unterbrach ihn nicht und verdarb nichts. Jasja drehte sich seinen Händen entgegen, und für Robert Viktorowitsch begann ein weiteres, sein letztes Leben.

Der rechtschaffene Neujahrsfrost zog zum Abend an. Auf dem Tisch welkten die Reste des nun bereits vorjährigen Mahls. Robert Viktorowitsch aß nicht. Essen vom Vortag erregte ihm Abscheu, und er dachte an seine weisen Vorfahren, die die Reste des Ostermahls verbrannten, weil sie einen solchen Verfall nicht duldeten.

Sonetschka rührte sinnlos in ihrem Tee, obwohl gar kein Zucker darin war, und wollte ihrem Mann etwas Wichtiges sagen, fand aber nicht die passenden Worte dafür.

Robert Viktorowitsch hing mit grüblerischer Miene dem dumpfen Widerhall des glücklichen Dröhnens im Innern seiner alternden Knochen nach und versuchte sich zu besinnen, wann er das schon einmal empfunden hatte ... Woher das seltsame Gefühl der Erinnerung ... Vielleicht hatte es in der Kindheit etwas Ähnliches gegeben, wenn er nach ausgiebigem Toben im schweren Dnjeprwasser auf den knirschenden überhitzten Sand kroch, sich eingrub und sich in diesem Sandbad wärmte, bis es ihm süß durchs Mark rann ... Ähnlich war auch das heftige Aufleuchten in der Kindheit, als der kleine Ruwim, Sohn des Avidgor, aus dem mit den Jahren Robert Viktorowitsch wurde, eines Nachts hinausging, um sein kleines Geschäft zu verrichten, den Kopf in den Nacken legte und sah, daß alle Sterne der Welt mit lebendigen und neugierigen Augen auf ihn herabblickten und ein leises Klingen einen faltenreichen Mantel am Himmel ausbreitete, und er, der kleine Junge, hielt alle Fäden der Welt in der Hand, und am Ende jedes Fadens klingelte ein durchdringendes feines Glöckchen, und in dieser gigantischen Spieluhr war er das Herz, die ganze Welt folgte seinem Herzschlag, jedem Atemzug, seinem Blutstrom und seinem warmen Urinstrahl ... Er ließ das hochgezogene Nachthemd herunter und hob langsam die Arme, als dirigiere er dieses Himmelsorchester ... Die Musik durchdrang ihn ganz und gar, floß ihm als süße Welle durchs Mark.

Vergessen, vergessen hatte er diese Musik, nur die Erinnerung daran war viele Jahre lang nicht erloschen.

»Robert, das Mädchen kann doch bei uns wohnen. Das Eckzimmer ist frei ...«, sagte Sonetschka leise und hörte auf, in ihrem Teeglas zu rühren.

Robert Viktorowitsch sah seine Frau verwundert an und sagte, wie immer, wenn von Dingen die Rede war, die ihn wenig berührten:

»Wenn du es für nötig hältst, Sonja. Tu, was du für nötig hältst.«

Damit ging er in sein Zimmer.

Jasja zog in Sonetschkas Haus. Ihre schweigsame, anmutige Gegenwart war Sonja angenehm und schmeichelte insgeheim ihrem Stolz – eine Waise zu beherbergen, das war eine »mizwa«, eine gute Tat, und für Sonja, die mit den Jahren das Jüdische in sich immer stärker empfand, war es eine Freude und angenehme Pflichterfüllung zugleich.

Sie besann sich wieder auf den Sabbat, es zog sie zum geordneten rituellen Leben ihrer Vorfahren mit seiner unerschütterlichen Grundlage, einem stabilen Tisch mit schweren Füßen und einem steifen festlichen Tischtuch, mit Kerzen, selbstgebackenem Brot und der familiären sakralen Feier, die am Vorabend des Sabbats in jedem jüdischen Haus stattfindet. Abgeschnitten von diesem archaischen Leben, verlegte sie ihren ganzen religiösen Eifer auf die Küchenarbeit mit Fleisch, Zwiebeln und Möhren, auf die steifen weißen Servietten, aufs Tischdecken, wo die Gewürzmenage, die Messerbänke und die Teller rechts und links regelgerecht standen, wie es eine ganz andere Vorschrift gebot, die neue, bürgerliche. Doch so weit dachte Sonja nicht.

In den letzten Jahren, Jahren relativen Wohlstands, wurde ihr die Familie plötzlich zu klein, und insgeheim litt sie darunter, daß es ihr nicht vergönnt war, viele Kinder zu gebären, wie es in ihrem Volk üblich war. Sie kaufte immer mehr Saucieren und englische Fayenceteller zu sagenhaften Schleuderpreisen im Kommissionsgeschäft in der Nishnaja Maslowka, als wolle sie sich für den bevorstehenden Kinderreichtum ihrer Tochter Tanja rüsten.

Sonjas Religion bestand wie die Bibel aus drei Teilen. Aber anstelle von Thora, Nebiim und Kethubim waren das Vorsuppe, Hauptgericht und Nachtisch.

Jasjas Anwesenheit bei Tisch schuf in Sonjas Augen die Illusion von Familienzuwachs und schmückte die Tafel – so natürlich und lieblich benahm sie sich bei Tisch; sie aß scheinbar nicht viel, aber mit unstillbarem Appetit, bis zur komischen Erschöpfung, denn ihre Erinnerung an den ständigen Hunger in der Kindheit war unauslöschlich. Dann lehnte sie sich im Stuhl zurück und stöhnte leise:

»Oh, Tante Sonja! Es hat so gut geschmeckt. Ich habe wieder zu viel gegessen.«

Sonetschka lächelte selig und stellte flache Glasschalen mit Kompott auf den Tisch.

Zwei Monate waren vergangen. Dank Jasjas katzenhafter Anpassungsfähigkeit und ihrem angeborenen Zartgefühl hatte sie nicht nur das Eckzimmer bekommen, sondern sich obendrein in der Familie als eine Art Verwandte etabliert.

Frühmorgens lief sie aus dem Haus und putzte die rauhen Schulflure und die stets überschwemmten Toiletten, abends ging sie mit Tanja in dieselbe Schule zum Unterricht. Manchmal kamen sie nicht bis zur Schule, sondern schwänzten die armseligen Stunden der schläfrigen Lehrer. Zwischen ihnen hatte sich ein schwesterliches Verhältnis herausgebildet, wobei Tanja, die Jüngere, mit Jasjas Einzug unbemerkt die Rolle der älteren Schwester übernommen hatte, und ihre Verliebtheit in Jasja war nun weniger euphorisch und überspannt.

Die Mädchen kletterten oft in Tanjas Dachstübchen. Tanja spielte in Lotospose ihre falsche Flötenmusik, und Jasja, zu ihren Füßen kauernd, las mit leicht lispelnder Flüsterstimme die aussterbenden Stücke Ostrowskis. Sie bereitete sich auf die Schauspielschule vor.

Sonja war gerührt von Jasjas Leseleidenschaft. Zudem schien ihr, daß nebenbei auch Tanja an die große Kultur herangeführt wurde. Darin irrte sie.

Wenn die Mädchen überhaupt miteinander redeten, dann begnügte sich Jasja hauptsächlich mit der Rolle der höflichen Zuhörerin. Ohne sonderliches Interesse und innere Anteilnahme ließ sie sich Tanjas Liebesabenteuer erzählen. Der Enthusiasmus der Freundin war ihr völlig fremd; Tanja jedoch führte diese Gleichgültigkeit auf Jasjas, im Vergleich zu ihren eigenen reichhaltigen Erlebnissen, geringe Erfahrungen auf diesem Gebiet zurück. Es kam ihr nicht in den Sinn, daß Jasja – zum erstenmal seit ihrem zwölften Lebensjahr – der Notwendigkeit enthoben war, »diese ekligen Dinger« in ihren desinteressierten Körper zu lassen.

Robert Viktorowitsch litt unter Jasjas Anwesenheit. Die Episode im Eckzimmer, im Morgengrauen des ersten Tages des Jahres, war in seiner Erinnerung wie ein Rausch, ein heimlich beobachteter fremder Traum. Jasja ließ er jetzt nur noch an den Rand seines Blickfeldes, labte seinen Blick verstohlen an ihrem stillen Weiß und verging im Feuer jugendlichen Begehrens. Er gestattete sich nicht die geringste Bewegung in ihre Richtung, aber nicht aus kleinlichen moralischen Motiven. Sein Verlangen gehörte ihm, doch die Frau gehörte ihm nicht, mehr noch – da sie dank Sonjas Bemühungen einen tabuisierten Platz neben seiner Tochter eingenommen hatte, konnte sie ihm nicht gehören.

Stundenlang betrachtete er das sich durch Beleuchtung und Nässe ständig ändernde Weiß des Schnees vorm Fenster, vertiefte sich in die verschwimmende weiße Oberfläche eines Fayencekruges, in grobkörnige Whatmanblätter auf dem Tisch, in die trübweißen Gipsabgüsse alter Reliefs mit den sich darauf nur schwach abzeichnenden Buchstaben eines altertümlichen Alphabets.

Am Ende des zweiten Monats begann er wieder zu malen – zwanzig Jahre nach den Übungen im Lager, eigenwilligen Kopien von langweiligem Wild.

Jetzt waren es durchweg weiße Stilleben, in denen sich Robert Viktorowitschs vielschichtige Gedanken über die Natur des Weißen, über die Form und die das Malerische versklavende Faktur niederschlugen; Silben und Worte seiner Gedanken waren Zuckerdosen aus Porzellan, weiße Waffelhandtücher, Milch im Glas und alles, was dem gewöhnlichen Auge weiß erscheint, für Robert Viktorowitsch jedoch ein quälender Weg auf der Suche nach dem Idealen und Geheimnisvollen war.

Eines Tages, als der Winter bereits zum Aufbruch rüstete und die Schneepracht im Peterspark schwand und zusammenschmolz, traten sie beide zur selben Zeit auf die Vortreppe: Robert Viktorowitsch mit zwei Bilderrahmen und einer Rolle Zeichenkarton und Jasja mit einer roten Stofftasche, in der zwei Bücher für den abendlichen Unterricht lagen.

»Halten Sie bitte mal.« Er drückte ihr die Rolle in die Hand und hatte das dunkle Gefühl, etwas Ähnliches habe sich irgendwo schon einmal abgespielt.

Jasja zog die Rolle schnell an sich, während er die Bilderrahmen bequemer zu fassen versuchte.

»Vielleicht kann ich Ihnen tragen helfen«, schlug das Mädchen vor, den Blick gesenkt.

Er schwieg, sie hob den Kopf, und zum erstenmal, seit sie unter einem Dach lebten, bohrte er sich mit seinem scharfen Blick bis ins Innere ihrer gleichmütigen Augen. Er nickte, sie senkte zustimmend den Kopf mit dem flauschigen weißen Kopftuch und folgte ihm, mit ihren kindlichen Gummistiefeln verschwörerisch in seine Fußstapfen tretend.

Er drehte sich auf dem ganzen kurzen Weg nicht um. Im Gänsemarsch langten sie am Eingang des mehrstöckigen Hauses an, wo in langen Fluren, Tür an Tür, fleißig und geschäftig gutbezahlte sozialistische Kunst geschaffen und hin und wieder sperrige Ausführungen des glatzköpfigen Giganten des Geistes auf die trostlosen Flure gestellt wurden.

Mit dem Rücken an die Granitkante eines Monuments gelehnt, hielt Robert Viktorowitsch ungeschickt mit dem Fuß die Tür auf und ließ Jasja als erste hineingehen. In dem Augenblick, als die Tür zuklappte, verspürte er heftiges, dumpfes Herzklopfen, aber nicht in der Brust, sondern irgendwo tief im Bauch. Das Herzklopfen stieg auf, wie die Sonne vom Horizont, Meeresrauschen erfüllte seinen Kopf, die Schläfen, sogar die Fingerspitzen. Er stellte die Bilderrahmen ab und nahm Jasja die Rolle aus der Hand. Da erinnerte er sich, wann das gewesen war.

Er lächelte, die Hand auf dem feuchten

Flausch ihres Kopftuches, und sie öffnete bereits flink die riesigen Knöpfe ihres selbstgeschneiderten Mantels, den sie mit Sonetschka zusammen viele Abende lang aus einem alten Plaid genäht hatte. In jenem Jahr waren große Knöpfe Mode. Auch Jasjas Rock und Bluse wurden von Scharen brauner und weißer Knöpfe zusammengehalten, die sie jetzt, nachdem sie den Mantel abgeworfen hatte, ernst und bedächtig einen nach dem anderen aus den ordentlich gesäumten Knopflöchern holte.

Das Herzklopfen, das inzwischen zum Geläut angewachsen war und alle Winkel der kleinsten Kapillare erfüllte, hörte mit einem Schlag auf, und in der blendenden Stille setzte sie sich auf einen kaputten Sessel und zog die straffen Beine unter sich. Dann gab sie ihr hinten mit einem Gummi zusammengehaltenes langes Haar frei und wartete, wann er sich wohl aus seiner Erstarrung lösen und das Geringe nehmen würde, worum es ihr nicht leid tat …

Von diesem Tag an kam Jasja fast jeden Tag ins Atelier gelaufen. Heiß und eigenartig schweigsam war ihre Romanze. Gewöhnlich kam sie, setzte sich in den ein für allemal auserkorenen Sessel und löste das Haar. Er setzte den Teekessel auf, kochte einen kräftigen Tee, rührte fünf Stück Zucker in einen weißen Emaillebecher – aus alter Kinderheimgewohnheit konnte sie von Süßem nicht genug kriegen – und stellte eine weiße Zuckerdose aus Porzellan vor sie hin, denn sie nahm Zucker nicht nur in den Tee, sie aß ihn auch dazu.

Er sah sie lange, lange an, während sie langsam ihren Sirup trank und er sich in ihr Weiß versenkte, das vor dem matten Weiß der leeren Wand greller als ein Regenbogen leuchtete. Der Emailleglanz des Bechers in ihrer rosigen, aber dennoch weißen Hand, die groben Zuckerstücke mit den kristallfunkelnden Bruchstellen und der weißliche Himmel draußen – das alles bildete ein Strahlenspektrum, gekrönt von ihrem Gesicht, das weiß war wie ein Ei, ein Wunder an Weiß, Wärme und Lebendigkeit; dieses Gesicht war der Grundton, aus dem alles hervorging, wuchs, spielte und vom Geheimnis des toten und lebendigen Weiß kündete.

Er genoß ihren Anblick, und sie spürte es und wuchs unter seinen Augen, zerfloß vor kleinem weiblichem Stolz und genoß ihre unendliche Macht, denn sie wußte: Sie brauchte nur ihr kindlich schamloses: »Willst du mal?« zu sagen, und er würde nicken und sie zu der mit einem alten Teppich bedeckten Liege tragen, und wenn nicht, dann würde er sie weiter so anstarren, der Ärmste, das Dummerchen, der komische Kauz; er war etwas ganz Besonderes und liebte sie wahnsinnig …

Wahnsinnig, wiederholte sie in Gedanken, und ein stolzes Lächeln huschte über ihre Lippen; er spürte ihren dümmlichen Triumph, sah sie aber nur fortwährend an, bis sie sagte:

»Na dann … Ich geh' jetzt.«

Er stellte ihr nie Fragen, und sie erzählte nichts von sich, aber das war auch gar nicht nötig. Sein grenzenloses Verlangen nach ihr brauchte, ebenso wie ihr unablässiger Wunsch, bei ihm zu sein, keinerlei Bestätigung durch Worte. In seiner Gegenwart fühlte sie sich bereits jetzt am Ziel ihrer geplanten Karriere: reich, schön und frei. Die Schauspielschule brauchte sie nicht mehr.

Mitte April begann er mit ihrem Porträt. Erst malte er eins mit Teekanne und weißen Blumen, dann ein anderes. Es entstand eine ganze Myriade weißer Gesichter, wobei eins vom nächsten in den Schatten gedrängt wurde und wieder hervortrat; alle diese Gesichter waren durch irgendeine optische Täuschung miteinander verbunden.

Robert Viktorowitsch malte schnell. Doch obwohl sie bei ihm saß und das für den Maler wichtig war, malte er nicht nach Modell. Er hatte sie förmlich in sich aufgesogen und blickte jetzt nur in sein geheimes Arsenal. Er arbeitete den ganzen Tag, solange es hell war, blieb immer länger im Atelier. Er war auch früher schon gern ganz früh am Morgen hergekommen, doch jetzt übernachtete er häufig auch hier.

Zu dieser Zeit, als die Anziehungskraft seines

Zuhauses nachließ, Robert Viktorowitsch immer mehr ins Atelier zog und das Atelier weich und kupplerisch die schweigsame Geliebte aufnahm, brauten sich über seinem Heim Wolken zusammen.

Ihre ganze kleine Siedlung war zum Abriß vorgesehen. Jahrelanges Gerede, hartnäckig, aber ohne Überzeugungskraft, materialisierte sich plötzlich in einem häßlichen Papier mit verwischtem Stempel – dem Beschluß über den Abriß des Hauses und die Umsiedlung seiner Bewohner. Das Papier wurde nicht persönlich ausgehändigt, wie es sich in solchen Fällen gehört, sondern per Post geschickt, und mitten am Tag, als die Morgenpost schon lange ausgetragen war, fand Sonja das unheilvolle Papier im Briefkasten.

Das Papier in der fest zusammengepreßten Hand, kam Sonja zu ihrem Mann ins Atelier gerannt, wohin sie für gewöhnlich nicht ging, weil sie sich an ein unausgesprochenes, aber ihr wohlbekanntes Verbot hielt. Robert Viktorowitsch war allein, er arbeitete. Sonja setzte sich in den Sessel, der unter ihr knackste. Ihr Mann saß ihr schweigend gegenüber. Sonja betrachtete lange die Leinwände mit den fahlen weißäugigen Frauen und begriff, wer die echte Schneekönigin war. Und Robert Viktorowitsch begriff, daß sie es begriff. Sie sagten kein Wort.

Sonja saß eine Weile schweigend da, legte

dann die traurige Benachrichtigung auf den Tisch und verließ das Atelier. An der Haustür blieb sie wie betäubt stehen. Ihr schien, ringsum müsse Schnee liegen – doch draußen wogte und schwebte grün-buntes Maigrün, und nach Grün klang das langgezogene Klingeln der Straßenbahnen.

Sie ging nach Hause, zu ihrem geliebten glücklichen Heim, das aus irgendeinem Grund Balken für Balken auseinandergerissen werden sollte. Tränen rannen ihr über die langen runzligen Wangen, und sie flüsterte mit ausgetrockneten Lippen:

»Das mußte schon lange passieren, schon lange … Ich hab' immer gewußt, daß das nicht sein kann … Das konnte nicht sein …«

In den zehn Minuten, die sie für den Nachhauseweg brauchte, wurde sie sich bewußt, daß die siebzehn Jahre ihrer glücklichen Ehe zu Ende waren, daß ihr nichts gehörte, weder Robert Viktorowitsch – doch wem hatte er je gehört? – noch Tanja, die durch und durch ganz anders war, dem Vater oder dem Großvater nachgeraten, aber nicht ihrem, Sonjas schüchternem Wesen, noch das Haus, dessen Seufzen und Ächzen sie nachts spürte wie alte Menschen ihren sich mit den Jahren entfremdenden Körper. Wie gerecht, daß diese junge Schönheit an seiner Seite sein wird, zart, fein und ihm ebenbürtig in ihrer Einzigartigkeit, und wie weise vom Leben, ihm im Alter ein solches Wunder zuzuführen, das ihn veranlaßt hat, sich wieder dem zuzuwenden, was für ihn das wichtigste ist – der Kunst, dachte Sonja.

Völlig leer, leicht, mit einem hellen Klingen im Ohr ging sie in ihr Zimmer, trat an den Bücherschrank, nahm auf gut Glück ein Buch heraus, legte sich hin und schlug das Buch in der Mitte auf. Es war »Das Edelfräulein als Bäuerin«. Lisa kam gerade zum Essen, bis über beide Ohren weiß gepudert, die Augenbrauen heftiger gefärbt als Miss Jackson. Alexej Berestow spielte den Zerstreuten und Nachdenklichen, und von diesen Seiten leuchtete Sonja das stille Glück des vollkommenen Wortes und des Inbegriffs von Edelmut entgegen.

Tagelang wurde gepackt. Sonetschka schnürte Bündel, stopfte Papirossakartons mit Töpfen und Kleidern voll und befand sich in einer seltsam gehobenen Stimmung: Es kam ihr vor, als begrabe sie ihr bisheriges Leben, als enthalte jeder gepackte Karton ihre glücklichen Minuten, Tage, Nächte und Jahre; und zärtlich strich sie über diese Pappsärge.

Die unordentliche Tanja schlenderte abwesend durchs Haus, stieß sich an Möbeln, die nicht mehr an ihrem gewohnten Platz standen und eine selbständige Beweglichkeit erlangt zu haben schienen. Schranktüren öffneten sich wie von selbst, Stühle stellten ihr Beine.

Ihrer Mutter half Tanja nicht. Voll und ganz mit ihren eigenen Empfindungen befaßt, versank sie in äußersten Abscheu gegen das, was im Haus vorging.

Es gab noch einen weiteren Umstand, der sie zutiefst betrübte. Verschlossen und damals noch ungeübt im Reden, breitete sie vor Jasja alle Winkel ihrer wirren Seele aus, und Jasja mit ihrem klugen Schweigen war für Tanja der einzige Zuhörer, der ihre durchaus geringfügigen Empfindungen mit einer für Tanja so fruchtbaren gutwilligen Neutralität aufnahm, daß sie in diesen Gesprächen, die eher Monologe waren, lernte, ihre Gedanken zu formulieren, Bilder auf Anhieb zu erfassen, und das bereitete ihr einen ungeheuren Genuß.

Ihre anderen Freunde, der Herumtreiber und Umkrempler Aljoscha und Wolodja mit seinem ozeanischen Talent, seinem allesfressenden Gedächtnis und dem damit festgehaltenen Wissen über alles auf der Welt – die beiden zogen sie gewaltsam in ihre eigenen verlockenden Welten. Nur Jasja ließ ihr die Möglichkeit, selbständig zu denken, laut zu überlegen und tastend die Kleinigkeiten auszuwählen, aus denen der Mensch willkürlich das erste Bild zusammensetzt, nach dem sich dann das ganze spätere Lebensmuster entwickelt. Von daher rührte Tanjas tiefe Bindung an Jasja und eine vage Dankbarkeit ihr gegenüber.

Während einer der seltenen Unterbrechungen ihrer Selbstvertiefung bemerkte Tanja, daß Jasja ein eigenes, separates Leben hatte. Doch alle Versuche, in den geheiligten Raum dieser Tagesstunden vorzudringen – die sie nicht in der Schule und nicht zu Hause verbrachte –, stießen auf sanftes und ausweichendes Schweigen oder unbestimmte Antworten. Die erstbeste Vermutung – eine heimliche Romanze – drängte Tanja die brennende Frage auf: Wer ist er?

Die Frage löste sich auf ganz zufällige Weise. Tanja stieß in der Nähe der Metro auf ihren Vater und Jasja und wurde Zeugin einer unglaublichen Szene: Sie aßen auf der Straße Eis und lachten. Das Eis lief in dicken Tropfen herunter, und Robert Viktorowitsch wischte mit einer solchen Handbewegung einen klebrigen weißen Fleck von Jasjas Wange, daß Tanja, eine große Spezialistin in Sachen Berührungen, von einer neuen, bislang nichtgekannten Eifersucht zusammenzuckte.

Weder die weiblichen Interessen ihrer Mutter noch irgendwelche moralische Überlegungen beschäftigten Tanja. Sie empörte nur eins – das gemeine Verschweigen dieser für sie in jeder Hinsicht gänzlich uninteressanten Romanze.

Tanja machte Jasja eine Szene. Jasja, innerlich längst auf eine Entlarvung vorbereitet, packte unverzüglich ihre Sachen, huschte die Holztreppe hinunter, und Tanja blieb zurück, verwirrt und voller Kummer. Sie hatte doch geglaubt, das Verhältnis zwischen ihr und Jasja sei wesentlich wichtiger als jede Romanze …

Robert Viktorowitsch schraubte gerade ein Regal auseinander, das er einst selbst gebaut hatte, und bemerkte Jasjas Abwesenheit nicht sofort.

Dann kam schließlich der Tag, an dem die Möbel rausgetragen wurden. Im Licht des hellen Sommertages wirkten die so gemütlichen und eingewohnten abgewetzten Möbel, einst in einer Art Jagdfieber auf dem Preobrashenski-Markt gekauft, richtig ärmlich. Alles wurde auf einen geschlossenen Laster geladen und in den bedrückenden Stadtteil Lichobory gebracht, in eine unbequeme Dreizimmerwohnung, wo alles, einfach alles erniedrigend häßlich war: die dünnen Wände, die winzige, für Sonjas Ellenbogen zu enge Küche und das unausgegorene Bad.

Mit Gawrilins Hilfe stellte Robert Viktorowitsch die Möbel auf. Jedes Stück wehrte sich störrisch, wollte den zugewiesenen Platz nicht einnehmen, alles sträubte sich mit überflüssigen Ecken, überall fehlten ein paar Zentimeter. Robert Viktorowitsch mußte die Scheuerleiste abreißen, um einen eintürigen, gar nicht großen Kleiderschrank an die dafür vorgesehene Wand zu bekommen. Tanja weinte fast über einer beschlagenen Truhe mit gewölbtem Deckel, die

Gefahr lief, überhaupt nicht in die neue Behausung zu passen.

In das hinterste Zimmer ließ Sonja Tanjas Liege und Jasjas Bett stellen und sagte:

»Das ist das Mädchenzimmer.«

Jasja, von Sonetschka gebeten, beim Umzug zu helfen, horchte auf. Sie begriff absolut nicht, was hier vorging. Aber das war ihr auch nicht so wichtig. Nicht an diesem Haus lag ihr so viel, sondern an etwas anderem. Und die Hauptsache glaubte sie fest in der Hand zu haben.

Sonetschka aber zauberte plötzlich eine große braune Tasche hervor, aus der sie ein Tischleindeckdich-Tuch mit Servietten, kalten Hacksteaks und eiskalter Kwaßsuppe in einer Thermosflasche nahm.

Sonetschka legte Jasja wie früher gute Stücke auf den Teller. Jasja lächelte dankbar. Sie wunderte sich über Sonetschka. Aber vielleicht ist sie bloß hinterlistig, überlegte Jasja mit einiger geistiger Anstrengung. Doch in ihrem Herzen wußte sie, daß es nicht so war.

Und plötzlich brach Tanja mitten beim Essen in Tränen aus, schluchzte, schüttelte Haar und Brust, begann dann hysterisch zu lachen, und als der Anfall unvermittelt aufhörte, erklärte sie, naß von Tränen und dem Wasser, mit dem sie begossen worden war, sie würde unverzüglich nach Leningrad abreisen.

Jasja brachte sie in das frisch getaufte Mädchenzimmer, das nie eine Jungfrau beherbergen sollte. Sie krochen in Jasjas Bett. Jasja löste das Gummiband an ihrem Hinterkopf, und unter gegenseitigem Haarestreicheln versöhnten sie sich gänzlich.

Doch Tanja änderte ihren Entschluß nicht und machte sich noch am selben Abend auf und davon zu ihrem von süßem Gras durchräucherten Barden.

Robert Viktorowitsch fuhr mit Gawrilin und Jasja nach Maslowka. So blieb Sonetschka, nachdem sie ihre Lieben verabschiedet hatte, gleich am ersten Abend in Lichobory allein. Traurig dachte sie über das an allen Ecken und Enden auseinanderkrachende Leben und die plötzlich über sie hereingebrochene Einsamkeit nach; dann legte sie sich im Durchgangszimmer aufs Sofa, zog aus einem Bücherpacken aufs Geratewohl einen Band Schiller und las bis zum Morgen – wer könnte bei dieser Lektüre einschlafen! –, las Wallenstein, lieferte sich freiwillig der literarischen Betäubung aus, in der sie ihre Jugend verbracht hatte.

Entgegen Sonetschkas Vermutungen dachte Robert Viktorowitsch gar nicht daran, sie zu verlassen. Er kam jeden Sonnabend und ein-, zweimal in der Woche nach Lichobory, zusammen mit der stillen Jasja, und während sie sich seidig raschelnd im Mädchenzimmer zu schaffen machte, ihre und Tanjas Sachen und Papiere ordnete, wechselte Robert Viktorowitsch die schmalen Fensterbretter gegen breitere aus, reparierte Regale, zersägte eins und machte zwei daraus und hängte Tanjas Porträts auf.

Abendbrot aßen sie im mittleren Zimmer, das nun Sonja gehörte. Sie sprachen ein bißchen über Tanja, die schon einen Monat in Leningrad war und ihre Rückkehr in dieses gräßliche Lichobory immer wieder aufschob.

Sie gingen früh schlafen. Jasja im Mädchenzimmer, Robert Viktorowitsch in dem ihm zugeteilten Zimmer am Eingang, und Sonetschka sank schwer aufs Sofa und freute sich im Einschlafen, daß Robert Viktorowitsch da war, hinter der dünnen Wand rechts von ihr, und die schöne Jasja links von ihr. Schade nur, daß Tanja fehlte ...

Am Morgen füllte Sonetschka den vom Vortag übriggebliebenen Salat, Hacksteaks und Buchweizengrütze in Gläser, band sie zu, stellte alles in die braune Tasche und gab sie Jasja.

»Danke, Tante Sonja«, sagte Jasja und schlug die Augen nieder.

Als Alexander Iwanowitsch Geburtstag hatte, bestellte Robert Viktorowitsch Sonja ins Atelier, damit sie gemeinsam gehen könnten. Es war ihr erster Ausgang als Familie. Alexander Iwanowitsch, keusch und vom Mutterleib an ein Mönch, dem im ganzen Leben nie irgendwelche

Damengeschichten nachgesagt werden konnten und der deshalb bei der wohlmeinenden Gesellschaft in dem Verdacht stand, interessantere Sünden zu begehen, nahm das Trio als einziger in der Runde als etwas ganz Natürliches auf.

Die übrigen Gäste, besonders die Künstlerdamen, erörterten in den Ecken leidenschaftlich das Dreieck und plusterten sich auf wie Hefeteig. Die rothaarige, leicht besessene Magdalina litt so für die arme Sonetschka, daß sie Migräne bekam. Ganz überflüssigerweise: Sonja freute sich, daß Robert Viktorowitsch sie mitgenommen hatte, war stolz auf die Treue, die er, wie sie glaubte, ihr angedeihen ließ, seiner alten und häßlichen Frau, und bewunderte Jasjas Schönheit.

Auf Alexander Iwanowitschs Bitte spielte sie bei Tisch ein bißchen die Gastgeberin, verteilte die gekauften Speisen an die Gäste und flüsterte Jasja ins Ohr, weil sie wußte, daß diese ständig an Magenschmerzen litt:

»Kindchen, ich glaube, diese Kohlrouladen sind nicht ganz … Sei vorsichtig …«

Einige Damen neigten dazu, Sonja Heuchelei vorzuwerfen – sie sah zu gut aus in dieser für sie doch anscheinend so unvorteilhaften Verbindung; andere hätten Sonja gern ihr Mitgefühl ausgesprochen und Robert Viktorowitsch getadelt. Aber das war völlig unmöglich, denn sie hielten sich ganz familiär, saßen auch am Tisch in ihrem trauten Dreieck: Robert Viktorowitsch in der Mitte, rechts überragte ihn Sonetschka um einen halben Kopf, und links von ihm strahlte Jasja in ihrem Weiß, mit einem kleinen spitzen Brillanten am Finger.

Man konnte sich Robert Viktorowitsch nicht vorstellen, wie er in einem Juweliergeschäft einen Brillanten für sein Mädchen kaufte. Doch der Gerechtigkeit halber muß gesagt werden, daß Jasja zu den kleinen schutzlosen Frauen gehörte, denen man unbedingt einen Edelstein auf den Finger schieben und einen Mantel um die fröstelnden Schultern legen möchte.

Robert Viktorowitsch gab Außenstehenden, das heißt Freunden, keine Gelegenheit, sich zwischen den Eheleuten zu entscheiden, Mitgefühl, Tadel oder Bedauern auszudrücken …

Der Abend nahm seinen Lauf. Der angetrunkene Gawrilin spielte den sterbenden Schwan, dann Lenin und als Zugabe den allen bekannten Hund, der einen Floh sucht. Dann wurde eine Allegorie vorgeführt, in der ein Gespenst vorkam, das nicht so sehr umging als vielmehr kroch, und zwar auf der sechsbeinigen Kuh Europa, gebildet von den drei dicksten Damen unter einem Leinwandvorhang.

Bei diesem Teil des Festes dachten alle an Tanja, eine geistreiche Erfinderin von Scharaden, und die scharfsinnigsten Damen warfen sich Blicke zu: Das arme Mädchen!

Das arme Mädchen lebte unterdessen in einer hübschen Höhle auf der Wassiljew-Insel bei ihrem Freund Aljoscha. In Leningrad waren Weiße Nächte, und sie war furchtlos und neugierig, jeden Augenblick zu einem neuen ernsthaften Spiel bereit. Sie mochten sich absolut nicht trennen, blickten sich vieräugig nach allen Seiten um, und Aljoscha stellte erstaunt fest, daß ihre Gegenwart sein unvorhersehbares Leben nicht behinderte, sondern ihm sogar zusätzliche Möglichkeiten verlieh, dem »Sowjeteln« zu entrinnen, wie er die allgemein übliche Existenzform verächtlich nannte.

Ein paar Tage nach der Geburtstagsfeier bei Alexander Iwanowitsch fuhr Sonja nach Leningrad, um ihre Tochter zu besuchen, wartete den halben Tag auf dem Hof, saß dann noch vierzig Minuten mit Tanja und Aljoscha am Tisch, auf dem sich Bücher, Schallplatten, Essensreste und leere Flaschen türmten, trank ein bißchen Tee und fuhr mit dem Abendzug zurück, nachdem sie der Tochter Geld dagelassen und sie gebeten hatte, öfter die Tante anzurufen.

Im Zug konnte Sonja nicht einschlafen, sie mußte immerzu daran denken, was für ein wunderbares Leben ihr Mann und ihre Tochter führten, wie ringsum die Jugend blühte – schade, daß für sie schon alles vorbei war, und was für ein Glück, daß sie das alles gehabt hatte … Sie wackelte greisenhaft mit dem Kopf, im Takt mit dem Rattern des Zuges – ein Vorbote des Nervenleidens, das sich zwanzig Jahre später bei ihr einstellen sollte.

Dann wurde es wieder Winter. Die Mädchen hätten die Schule abschließen müssen, aber sie hatten sie beide aufgegeben. Tanja fuhr den ganzen Winter immer die gleiche Strecke. Sie zankte sich ständig mit Aljoscha, kehrte nach Hause zurück, aber Lichobory machte sie so trübsinnig, daß sie wieder in ihr geliebtes Leningrad eilte.

Robert Viktorowitsch malte den ganzen Winter. Er magerte stark ab, blühte im Gesicht jedoch auf und wurde irgendwie freundlicher zu allen. Seine kleine Lebensgefährtin existierte still an seiner Seite, raschelte mal mit Konfektpapier, mal mit billiger Seide – mit flinken kleinen Stichen nähte sie sich ständig verschiedenfarbige Kleider im stets gleichen Schnitt – oder blätterte in polnischen Zeitschriften.

Damals schwärmten alle für Polen. Von dort wehte ein Hauch von westlicher Freiheit herüber, wenn er auch auf dem Weg über Osteuropa ein wenig von seiner Leichtigkeit eingebüßt hatte.

Jasja verhehlte ihre polnische Herkunft nicht mehr, und es stellte sich heraus, daß sie ihre Kindersprache, in der sie mit ihrer Mutter gesprochen hatte, noch wunderbar beherrschte. Robert Viktorowitsch sprach außer den gängigen europäischen Sprachen auch Polnisch, und diese lieblich lispelnde, zärtliche Sprache brachte die beiden zum Reden. Wie einst Sonja, erzählte Robert Viktorowitsch nun Jasja kleine Geschichten, lustige, unwahrscheinliche und schreckliche Begebenheiten, und auch das war sein Leben, allerdings, aus einer gewissen verbalen Keuschheit heraus, ein anderes Leben, gewissermaßen außerhalb der Klammern dessen, was Sonetschka aus Erzählungen kannte.

Jasja lachte, weinte, rief: »Jesus Maria!« und war stolz, begeistert und freute sich so, daß sie sogar gewisse angenehme Empfindungen kennenlernte, von denen sie früher nie etwas geahnt hatte, trotz ihrer frühen und langen Erfahrung mit Männern.

Er aber betrachtete noch immer ihren unvergänglichen Hals, ihre frische Gesichtshaut, den weißen Flaum unter ihrer schmalen Augenbraue und dachte an die Kostbarkeit der jungen Materie, jene Form der Vollkommenheit, von der das einzige russische Genie gesagt hatte: »der es nicht ansteht, klug zu sein«.

Robert Viktorowitschs Gefangenschaft war fruchtbar. Er mußte im Atelier ein neues Zwischengeschoß einbauen, weil der Platz für die Rahmen nicht mehr ausreichte. Er beendete seine weißen Serien. Eine Entdeckung, so schien ihm, hatte er nicht gemacht. Er hatte den Boden umgegraben, der sich bearbeiten ließ, und das war nicht wenig, aber das eigentliche Geheimnis, das sich ihm jeden Augenblick enthüllen mußte, entglitt ihm und hinterließ den süßen Schmerz der Annäherung und seine vollwertige Repräsentantin einer so erschütternden Anmut, daß sie seine Müdigkeit besiegte, sein Alter und den ganzen Verschleiß seines Körpers. Keine Last waren für den alten Robert die übermäßigen Anstrengungen der Liebe.

Ende April, mitten im feuchten nächtlichen Tauwetter, preßte er heftig Jasjas Schultern und fiel mit zitterndem Kopf schwer auf das harte Kissen.

Es dauerte eine Weile, bis Jasja begriff, daß er starb. Mit Geheul stürzte sie in den Flur, auf dem noch sieben weitere Ateliertüren lagen. Die Maler wohnten nicht hier, selten blieb mal jemand über Nacht. Sie rüttelte an den beiden benachbarten Türen und rannte vom dritten Stock hinunter zum Telefon, das in der Pförtnerloge stand.

Die alte Frau mit dem dünnen Pferdeschwanz kreischte beim Anblick der nackten Jasja leise auf, doch die stieß sie beiseite.

»Einen Krankenwagen, schnell, einen Krankenwagen …«

Mit zitternden Händen wählte sie die Nummer.

Als die Ärzte kamen, atmete Robert Viktorowitsch nicht mehr. Er lag auf dem Bauch, das dunkle Gesicht ins Kissen gepreßt. Jasja vermochte ihn nicht umzudrehen.

Die Todesumstände waren offensichtlich.

»Blutsturz im Gehirn«, brummte der unsympathische dicke Arzt, der nach Alkohol und schlechtem Essen roch. Er schrieb die Telefonnummer des Leichenschauhauses auf.

Beim Hinuntergehen polterten die Krankenpfleger mit der Trage, die sie nicht gebraucht hatten.

»Ein alter Knacker, aber auf einem Weib gestorben. Eine ganz Junge«, sagte der eine.

»Na und? Besser als im Krankenhaus verfaulen«, antwortete der andere.

Die Wohnung in Lichobory hatte kein Telefon. Jasja kam bei Sonja an, als diese gerade ihren Morgenkaffee trinken wollte. Sonja wackelte heftig mit dem Kopf, schloß Jasja in die Arme, drückte sie an sich, und sie weinten lange im Flur.

Dann fuhren sie ins Atelier. Der Körper war bereits ins Leichenschauhaus gebracht worden. Die fremde, beängstigende Unordnung, die Mediziner und Leichenfahrer hinterlassen hatten, beseitigten sie schnell.

Sonja nahm die für fremde Augen peinliche Wäsche von der Liege und steckte sie in ihre Tasche. Dann gingen sie Tanja in Leningrad anrufen, aber die Nachbarn sagten, sie sei mit Aljoscha weggefahren. Jasja hielt die ganze Zeit über Sonjas Hand, klammerte sich daran wie ein Kind. Sie war eine Waise und Sonja die Mutter.

Die Pförtnerin hatte schon allen, die es hören wollten, vom skandalösen Tod des alten Robert erzählt. Die Malernachbarn strömten seit Mittag ins Atelier. Jeder brachte, was er den Umständen entsprechend für angemessen hielt: Blumen, Wodka, Geld …

Nebenbei formierte sich die öffentliche Meinung: Robert wurde bedauert, Jasja gehaßt und verachtet; mit Sonja allerdings war es etwas komplizierter; von ihr wurde etwas erwartet, man sah sie voller Interesse an, übrigens durchaus mitfühlend.

Spätabends, als nur noch die engen Freunde im Atelier waren, sagte Sonja nach leisem, tränenlosem Weinen plötzlich fest:

»Besorgt einen möglichst großen Saal. Ich will, daß dort, wo der Sarg stehen wird, seine Bilder hängen.« Sie zeigte nach oben, auf das Zwischengeschoß, wo die Rahmen standen.

Der Barbizonier und Gawrilin wechselten einen Blick. Sie nickten.

Genau so wurde es gemacht.

Der Künstlerverband stellte einen Saal zur Verfügung. Einen Tag zuvor wurden die Bilder aufgehängt. Es waren zweiundfünfzig. Sonja überwachte das Aufhängen, und niemand hätte das besser gekonnt. Plötzlich fiel von irgendwoher Sonnenlicht herein, schmerzhaft grell und intensiv; es störte, mischte sich in Sonjas Arbeit ein. Die Leinwände spiegelten, bekamen Lichtflecke, und Sonja bat, die gerafften Behördenvorhänge zuzuziehen. Dann war sie fertig. Die Vorhänge wurden wieder aufgezogen. Die Sonne hatte sich inzwischen beruhigt, und alles war an seinem Platz. Robert Viktorowitsch selbst hätte es nicht besser machen können.

Am nächsten Tag gegen zwölf strömten die Menschen zusammen. Kaum vorzustellen, wie viele Leute sich zu dieser Beerdigung einfanden. Es kamen die Alten, Berühmten, die sich Schwielen und Medaillen beim Malen von gewissen Porträts geholt hatten, es kamen die Vertreter der mittleren Generation, einer mäßig neuen Kunst, und es kamen auch jene, die von den ehrenwerten Mitgliedern des Künstlerverbandes nicht über die Schwelle gelassen wurden – Künstlerpack aus Lianosowo*, die zerlumpte Avantgarde.

* Vorort von Moskau, in dem eine Gruppe nonkonformistischer Künstler (u. a. Oskar Rabin) in den fünfziger und sechziger Jahren arbeitete (Anm. d. Ü.).

Die postume Ausstellung war nicht zum Diskutieren angetan. Auch Robert Viktorowitsch selbst hatte nie das Bedürfnis verspürt, über seine Arbeit zu diskutieren.

Mitten im Saal stand der Sarg. Das Gesicht des Toten war dunkel, wirkte aufgedunsen, und nur die auf der Brust gefalteten Hände leuchteten in dem eisigen Weiß, das Robert Viktorowitsch als totes Weiß bezeichnet hatte.

Jasja im schwarzen Seidenkleid klebte an der großen, unförmigen Sonetschka, schaute unter ihrem Arm hervor wie ein Küken unter dem Flügel eines Pinguins. Tanja war nicht da, unauffindbar im fröhlichen Mittelasien, wohin sie mit Aljoscha auf der Suche nach einer grünen Weide gezogen war.

Alles Geflüster, alles Skandalöse dieses Todes blieb in der Garderobe. Hier im Saal schwiegen selbst die gierigsten Leichenfledderer. Sie traten zu Sonja und sagten ungeschickte Beileidsworte. Sonja schob Jasja ein Stück vor und antwortete mechanisch:

»Ja, so ein Kummer ... Ein solcher Kummer ist über uns hereingebrochen ...«

Timler, der in Begleitung einer jungen Geliebten gekommen war, um von seinem alten Freund Abschied zu nehmen, sagte mit wehmütiger dünner Stimme:

»Wie schön ... Lea und Rahel ... Ich hab' nie gewußt, wie schön Lea sein kann ...«

Gott bescherte Sonetschka ein langes Leben in der Wohnung in Lichobory, lang und einsam.

Tanja, die allmählich Aljoscha heiratete und als Mitgift von ihm die bezaubernde rauhe Stadt bekam, in der sich nur stolze und unabhängige Menschen einleben, wurde Leningraderin. Ihre Talente entfalteten sich spät. Als sie bereits über zwanzig war, stellte sich heraus, daß sie eine außerordentliche Begabung sowohl für Musik als auch fürs Zeichnen hatte – überhaupt für alles, worauf ihr zerstreutes Auge fiel. Spielend lernte sie Französisch, dann Italienisch und Deutsch – nur gegen das Englische hegte sie eine merkwürdige Abneigung – und war stets ruhelos, bis sie Mitte der siebziger Jahre, bereits getrennt von Aljoscha und zwei weiteren kurzzeitigen Ehemännern, mit einem anderthalbjährigen Sohn auf dem Arm und einer Tasche über der Schulter nach Israel emigrierte. Kurz darauf bekam sie eine wunderbare Stellung bei der UNO, wozu ihr in nicht geringem Maße der Weltruhm ihres Vaters verholfen hatte.

Mehrere Jahre lang lebte Jasja bei Sonetschka in Lichobory. Sonetschka kümmerte sich zärtlich um Jasja und empfand ehrfürchtige Dankbarkeit für das Schicksal, das ihrem teuren Mann Robert auf seine alten Tage eine solche Zierde, einen solchen Trost gesandt hatte.

Jasja nahm ihre Idee mit der Schauspielschule wieder auf, aber irgendwie lustlos. Sonetschka und sie machten begeistert Handarbeiten, mal fertigten sie einen außergewöhnlichen handgeknüpften Pullover für Tanja, mal nähten sie für Kundinnen; aber hauptsächlich saßen sie zusammen und tranken Unmengen schwarzen Kaffee mit Sonjas Honigkuchen dazu. Jasja verkümmerte allmählich, und da trieb Sonetschka durch einen umfangreichen, vor Jasja geheimgehaltenen Briefwechsel zwei Tanten und eine Großmutter von Jasja auf, durchaus nicht aristokratischer, sondern ganz bescheidener Herkunft. Von Sonja ausgestattet, fuhr Jasja nach Polen, wo sich alsbald das klassische Märchensujet vollendete: Sie heiratete einen Franzosen, der jung war, reich und schön. Sie lebt nun in Paris, in der Nähe des Jardin du Luxembourg, nur zwei Schritte von dem Haus entfernt, wo einst Robert Viktorowitsch sein Atelier hatte, was sie natürlich nicht weiß.

Das Haus im Peterspark, verlassen, mit eingeschlagenen Fensterscheiben und voller Spuren kindlicher Kokeleien, stand noch ein paar Jahre nutzlos herum. Streunende Hunde und Menschen übernachteten darin. Einmal wurde dort ein Ermordeter gefunden.

Dann stürzte das Dach ein. Unbegreiflich, warum damals die Bewohner mit solcher Eile auf die leblosen Außenbezirke verteilt worden waren.

Robert Viktorowitschs zweiundfünfzig weiße

Bilder wurden über die ganze Welt verstreut. Auf modernen Kunstauktionen bringt jedes neu aufgetauchte Bild Sammler an den Rand des Herzinfarkts. Die Vorkriegsarbeiten aus Paris sind sagenhaft teuer. Davon sind nur noch sehr wenige erhalten, elf insgesamt.

Die schnurrbärtige dicke, alte Sofja Iossifowna lebt in Lichobory, im zweiten Stock eines vierstöckigen Chruschtschow-Baus. Sie will weder in ihre historische Heimat ziehen, deren Bürgerin ihre Tochter ist, noch in die Schweiz, wo diese zur Zeit arbeitet, und nicht einmal in Robert Viktorowitschs geliebtes Paris, wohin ihr zweites Mädchen, Jasja, sie ständig einlädt.

Mit ihrer Gesundheit geht es bergab. Sie leidet offenbar an der Parkinsonschen Krankheit. Wenn sie ein Buch hält, zittert ihre Hand.

Im Frühling fährt sie Jahr für Jahr nach Wostrjakowo auf den Friedhof und pflanzt auf das Grab ihres Mannes weiße Blumen, die nie gedeihen.

Jeden Abend taucht sie, eine leichte Schweizer Brille auf der birnenförmigen Nase, in süße Tiefen, in dunkle Alleen und in Frühlingsfluten.

Ljudmila Ulitzkajas Roman
»*Medea und ihre Kinder*«
im Spiegel der Literaturkritik:

»*Medea und ihre Kinder* ist großherzig, tragisch, durchtrieben und amüsant. Belehrend auf eine Art, von der Brecht nicht geträumt hat. Ich weiß es nicht kleiner und anders zu sagen, als daß das Buch jemand geschrieben hat, der das Leben liebt. Auf eine nachsichtig zärtliche Weise, wie man es in den Filmen Fellinis findet. Von allen Ecken und Enden strömen die Komparsen an Deck dieses Traumschiffs, das so zu nennen der Hauptfigur nicht übel gefiele. Schließlich ist hier von einem Seefahrergeschlecht die Rede, und die Tatsache, seit altersher Küstenbewohnerin zu sein, prägt Medea, macht sie in ihrer kühnen Ambivalenz zwischen majestätischer Einsamkeit und matriarchalischem Gemeinschaftssinn stark und glaubwürdig. Sie hat von allen dem Menschen möglichen Wurzeln diejenige, die am wenigsten provinziell ist: die Seefahrt. Das, scheint mir, ist eine der genialsten Entscheidungen der Autorin gewesen und hat sie vor all den bereitstehenden Fallen bewahrt, vor Frauenliteratur, Nationalismus und Frömmelei. Manchmal glaubt man, Anna Achmatowa habe dieser Medea Modell gestanden. ...

Obwohl der Ton gewitzt ist, handelt es sich

nicht um einen Schelmenroman. Der Schelm ist eine Eigenschöpfung, er pfuscht, indem er sich selbst kreiert, Gott ins Handwerk. Das tun diese Figuren nicht. Sie nehmen ihr vorgefundenes Leben an. Als Christen, Juden, pontische Griechen, Tataren und Asiaten. In dem unglaublichen Völkergemisch einer nach exotischen Pflanzen duftenden Halbinsel im Schwarzen Meer, mit der Medea in Einklang lebt – als eine moderne Hildegard von Bingen, die weiß, daß diesem 20. Jahrhundert nicht mit Kräuterauflegen zu helfen ist.

Selbstredend, daß eine Geschichte, in der solche Spannungen walten, auch spannend ist. So kann passieren, daß, wer dieses Buch am Abend aufschlägt, es am Morgen ausgelesen hat. Alles Momente, für die die Zeichen der Zeit günstig stehen. Die Kritik, die der vielen bis zum Unsinn verdrehten Texte überdrüssig ist und langsam merkt, daß manch Tabubruch nur ein verdeckter Schiffbruch war, wird dieses Buch als Erzählwunder preisen.«

Marion Titze, *Die Zeit*

»Ljudmila Ulitzkaja tritt mit diesem Roman den Tatbeweis an, daß die russische Gegenwartsliteratur trotz allen Unkenrufen das Erzählen nicht verlernt hat.«

Ulrich M. Schmid, *Neue Zürcher Zeitung*

»Dieser große Roman wird zu einem überzeugenden Plädoyer für die erzählende Literatur. Und mit Ljudmila Ulitzkaja, die Medeas Liebe zu den Menschen und ihr Verständnis für deren Verstrickungen teilt, kehrt das Erzählen in die russische Literatur zurück.«

Christoph Keller, *Rheinischer Merkur*

»Ein bewegender, komischer, melancholischer Roman, der nicht den politischen Zeitfragen, sondern den existentiellen Konstanten der Menschen gewidmet ist: wie sie geboren werden und sterben, lieben und einander verraten, Größe zeigen und sich in Kleinmut ducken.«

Karl-Markus Gauß, *Frankfurter Allgemeine*

»*Medea und ihre Kinder,* dieser sanfte, schöne Familienroman, ist poetisch, ruhig, geduldig, langsam erzählt und nicht einfach zu lesen – einmal, wie alle russischen Romane, der vielen verzwickten Namen wegen, aber auch, weil man sich letztlich mit der gleichen liebevollen Geduld beim Lesen auf die vielen Figuren und die Fäden, mit denen sie verknüpft sind, einlassen muß, wie sie es beim Beschreiben getan hat. Dann aber geschieht, was Christa Wolf über dieses Buch gesagt hat: ›Man wird eintauchen in einen Erzählstrom und wird zu fragen vergessen, wie die einzelnen Fäden des Netzes beschaffen sind, in dem nun auch die Leserin, der Leser sich verfängt.‹«

Elke Heidenreich, *Radio Bremen*

Die Deutsche Bibliothek – CIP-Einheitsaufnahme

Ulickaja, Ljudmila
Sonetschka : Eine Erzählung / Ljudmila Ulitzkaja.
Aus dem Russ. von Ganna-Maria Braungardt. –
Berlin: Verl. Volk und Welt, 1998
ISBN 3-353-01116-1

3. Auflage 1998

Erstveröffentlichung in dem Erzählungsband
»Zarte und grausame Mädchen«.

Schutzumschlag: Michaela Booth
Satz: deutsch-türkischer fotosatz, Berlin
Druck und Bindearbeiten: Freiburger Graphische
Betriebe
Printed in Germany
ISBN 3-353-01116-1